朝焼けのペンギン・カフェ

横田アサヒ

富士見L文庫

penguin cafe

contents

プロローグ

ここは、とある場所にある、とあるカフェ『PENGUIN』。

悩めるものが行きつく、不思議なカフェだ。

木製の、深みのある焦げ茶色の扉は、どこか温かさと懐かしさを誘う。

重い扉を開けて薄暗い店内へ足を踏み入れると、扉と同じような木製のカウンターが目に入る。

そのカウンターの内側に置かれた台に向かって、ピョンッとペンギンが飛び上がった。まるで海から飛び出したかのように、体をコの字に丸め、両羽を後ろに伸ばし、足は前に突き出している。

そして、見事に着地……と思いきや、勢い余って前に転んだ。白いお腹がぽよんっと台に着いたが、すぐに立ち上がる。曲がってしまった黒い蝶《ちょう》ネクタイをサッと直し、ペンギンはさも何事もなかったかのように周囲を見回した。

このペンギンこそが、このカフェのマスターだ。ヒゲペンギンと呼ばれる種で、白黒の体の顎《あご》付近に一本の黒い線が入っている。

「さて、掃除の仕上げと参りましょうか」

まるで舞台俳優か何かかと思うほどよく通る声は、低く渋い。聞いている人の脳を揺さぶりそうなほどの存在感だ。

「マスター、またやるの？」

カウンターの外側でモップを持っている見習いが呆《あき》れた視線を向けた。

しっかり水拭《みずぶ》きをしたカウンターは、ペンダントライトの光を反射するほどきれいになっている。

「何事にも、仕上げは必要でしょう」

「そうだけど、別の方法でもよくない？　僕、拭くよ」

「これをやらないと、締まりませんから」

ヒゲペンギンがそれまで首元に付けていた蝶ネクタイをそっと外す。

そしてピョンッと、カウンター内にある台からジャンプした。

両羽だけでなく両足まで後ろに伸ばし、お腹を張るようにしてペンギンの体が宙を舞う。

着地した先は、カウンターだ。

ただし、足は着けていない。

着いているのは、真っ白で丸みを帯びたお腹だけだ。

「まったく……」

見習いの呟《つぶや》きをかき消すように、マスターはその短い足でカウンターの端を蹴《け》った。

キュルンッ。

そんな音を立てて、ペンギンの体がカウンター上を勢いよく滑り出す。そのままカウンターの端、壁の前まで突き進んでいった。

「ちょ、マスター！　そのままじゃぶつか……っ」

重心をずらしつつ左足でブレーキをかけ、滑りながらもクルッと体の向きを変える。

後ろ向きのまま滑り、撃突する寸前に壁を蹴った。

一瞬マスターの体が縮んだように見えたが、今度は反対側に向かって勢いよく滑り出している。

そのままの勢いでカウンターの端から飛び出し、見事に床へと着地した。

一仕事終えたとばかりに、マスターは全身を震わせる。

頭からお腹、足元と続いて、最後に長めの尻尾《しっぽ》がブルブルッと細かく震えた。

「さあ、これで完璧《かんぺき》に整いましたね」

啞然《あぜん》とする見習いの足元で、マスターは満足そうにクイッとクチバシを上へ向ける。そして、これからお客を迎えるため、蝶ネクタイを整えたのだった。

一杯目　初心のクリームソーダ

まだ頬に当たる風が冷たい朝、柳生綾乃《やぎゅうあやの》は職場へ向かって歩いていた。

その足取りは軽く、彼女の仕事への意欲を表しているかのようだ。

最寄り駅から十分ほど歩くと、自然公園に辿《たど》り着く。

朝八時を過ぎた時間だからか、住宅街の中にある公園内は人がまばらだ。少し職場へは遠回りになるが、犬の散歩が多い公園なのでついつい好んで通ってしまう。見かける犬種が多いのも、綾乃を楽しませてくれる。

何より木々が多くどんな季節でも気持ちのよいこの公園を通ると、いつも仕事へのスイッチが入る気がするのだ。

ここを抜ければもうすぐ綾乃の職場、鳥町《とりまち》どうぶつ病院が見えてくる。そこで獣医として働いてもうすぐ三年が経とうとしていた。

動物の命を預かる以上、毎日緊張感の漂う職場であり、正直に言えば楽しいことばかりではない。

それでも、愛犬や愛猫の元気になった姿に喜ぶ飼い主や、予防接種を終えて急に得意げになる犬猫たち、怪我《けが》が治って元気に動き回る小動物などを見ると、疲れは一瞬で吹き飛ぶ気さえした。

綾乃は自身の仕事に確かなやりがいと誇りを持っている。

獣医を目指そうと決めたのは、綾乃が小学校三年生の頃だった。

生まれた時からずっと一緒に過ごしている愛猫が体調を崩したのだ。

「お母さん、ハナがご飯残したよ」

ある晩、餌皿に少量だけ残ったキャットフードを見て、綾乃は思わず母に報告した。

几帳面《きちょうめん》な性格もあって、綾乃は毎度きっちり計量してあげていたため、すぐに異変に気づけた。

「あら、どうしたのかしらね。おやつたくさん食べたとか？」

「そういえば、いつものおねだりもなかったよ」

首を傾げる母の言葉で、昼間の様子を綾乃は思い出した。

いつもならハナは宿題をしている綾乃の目の前に現れ、プリントやドリルの上で寝転がって邪魔をしてくる。

こうなると遊ぶか、構うか、おやつをあげるまで、ハナはどかない。

意地でもどかない。

白い腹を出して寝そべり、たまにチラリと綾乃を見てくるのだ。

一生懸命どけようとしても、するりとかわしたかと思うとすぐに戻ってきてしまう。

結局折れるのは綾乃で、時間がない時はおやつで交渉をするのが日課になっていた。

「それは気になるわね……明日《あした》、病院で診てもらいましょう。ちょうど、ノミの予防薬もそろそろ欲しかったし」

「うん」

うなずきながら、綾乃は近くに寄ってきたハナの体を優しく撫《な》でた。

そして翌日、ハナのことが気になって走って帰宅した綾乃は、母親の言葉に愕然《がくぜん》とした。

「ハナ、腫瘍《しゅよう》があるみたい……」

「腫瘍って何？　大丈夫なの？」

「悪いできものがね、体の中にできたんだって」

「そんなっ……」

取り乱す綾乃の両肩を、母の手が優しく包む。

「大丈夫よ。獣医さんも驚くくらい、早く見つかったそうよ。だからね、手術はするけれど、きっとよくなるって」

「本当？　ハナ、大丈夫なの？」

今にも泣きそうな綾乃に母は笑いかけた。

「ええ。綾乃がいつもちゃんとハナの餌を量ってくれていたおかげだって、先生も言っていたわ」

その一言を肯定するかのようにハナが綾乃の足に擦り寄ってくる。

まるで大丈夫だよと言わんばかりに、ハナがいつも通りの顔で見上げた。

涙目の綾乃はしゃがんでからギュッと愛猫を抱きしめる。

「ハナ……絶対よくなってね」

呼びかけに応《こた》えるように、ハナが目をスッと細めて尻尾を緩やかに動かした。

その後手術は成功し、早期発見だったこともあり幸いにして転移もなかった。

手術の当日、お守りを握りしめる綾乃に優しくしてくれた動物看護師や獣医の姿は綾乃の心に強く印象に残ることになった。

そして、獣医がハナの命を救ってくれたのだという事実を目の当たりにし、自分も動物を助けたいと思うようになったのだ。

絶対に獣医になると誓い、がむしゃらに頑張った。

ハナは十七歳という大往生を迎えるまで、たびたび勉強の邪魔をしてきたが、彼女とのふれあいは確実に綾乃を奮い立たせていた。

もちろん別れは辛《つら》かった。看取《みと》ってから納骨まで、一体何日泣き続けたかわからないほどだ。

けれど、長い間一緒にいられたのは間違いなくあの時の獣医たちのおかげなのだ。

だから綾乃はひたすらに努力を続け、そして今がある。

獣医になってから就職した鳥町どうぶつ病院は、かなり設備の整った大きな動物病院だ。

獣医師は院長と先輩と綾乃の三名体制で、動物看護師は六名もいる。

初めのうちは戸惑うことも多かったが、ここで内診から怪我の処置や投薬、そして手術まで、とにかく色々な経験を綾乃は着実に積んできていた。

今日も一四一四、患畜に向き合っていこう――考えながら、もう少しで公園を抜けようという時だった。

「え……？」

木々の隙間で何かが動くのを見つけて、思わず足を止める。

都会にいるタヌキか猫かとも思ったが、影がふらついて見えるのが気になった。

まずは確かめてみようと、ロープ柵《さく》を乗り越えてゆっくりと足を進めていく。

タヌキや猫なら足音や気配だけで逃げて行きそうだが、その影は少しも動かない。

「……犬？」

それどころか綾乃の気配を感じて、座って尻尾《しっぽ》を振っているではないか。

「こんなところでどうしたの？　飼い主さんは？」

手を伸ばせば触れられそうな距離まで近づいた綾乃は、優しく話しかけてみる。仕事中もいつも話しかけてしまうのだが、もちろん返事をしてくれるとは思っていない。

しかし言葉は通じなくても、気持ちは伝わると綾乃は信じている。事実、黙って診るよりも話しかけた方が、飼い主だけでなく患畜とも信頼関係を築けていると思う。

柴《しば》と思われるその犬は黒く円《つぶ》らな瞳《ひとみ》で、大人しくこちらを見上げていた。顔も体も泥だらけだが、どこか笑っているような顔には愛嬌《あいきょう》がある。

「飼い主さん、いないの？」

周囲を見回してみたが、犬を捜しているような人は見当たらず、犬を呼ぶ声も聞こえない。

綾乃はもし嚙《か》まれても対応できるよう、持っていたタオルを手に軽く巻きつけてから、そっと腕を伸ばしてみた。犬は怯《おび》えた様子もなく、綾乃の手が体を触ることを受け入れたようだ。

軽く撫でてやると、気持ちよさそうに目を細める。

それほど古さを感じない首輪をしていることからも、飼い主とはぐれたか、脱走した飼い犬であることは間違いなさそうだった。

「怪我、しているのね」

先ほどからずっと左前脚を上げていることが気になっていたのだが、至近距離から見れば切り傷のようなものがあるとすぐにわかった。どこかで引っかけたのだろう。手術が必要になる怪我ではないが、処置は必要だ。

「あ、金具が壊れてる……」

連絡先が書かれていないか首輪を調べていると、リードを繫《つな》ぐための金具が壊れていることに気づく。きっと、散歩中に壊れて大興奮で走り回ったか、繫がれていた庭から大興奮で駆け出したのだろう。犬のどこか満足そうな顔を見ると、どちらかとしか思えなかった。

「連絡先はないか……」

一通り首輪を確認してみたが、連絡先は見つからなかった。

相変わらず周囲に飼い主らしき人も見当たらない。

「どうしよう……」

腕時計で時間を確認すると、もう八時十分を回っていた。ここから職場まで急げば五分もかからないが、診察が開始となる九時より少なくとも三十分前に準備を始める必要がある。つまり、悠長にしている時間はないということだ。

「でも、放っておくわけにはいかないし」

呟《つぶや》いた綾乃と犬の目が合う。

こちらをジッと見つめる犬の目は優しく、人を疑うような素振りは一切見られない。きっと家で大事にされているのだろう。

誰かの大切な犬を、しかも怪我を負っている犬を、置いていけるだろうか。

「そんなこと、できるわけがないじゃない」

迷うまでもないと、綾乃はタオルを軽く巻きつけて、犬をそっと抱きかかえた。

鳥町どうぶつ病院に着いたのは、八時二十分過ぎだった。

今日のシフトの動物看護師四名はすでに出勤しており、朝の掃除が始まっていた。

「あれ、綾乃先生、犬飼ってたっけ？」

動物看護師の一人、一番ベテランの早瀬《はやせ》が雑巾《ぞうきん》片手に声をかけてくる。五十代の彼女は先代の院長の頃から勤めているらしく、病院全体の動きを把握している頼もしい存在だ。

「いえ、迷子の犬みたいで、自然公園で見つけたんです」

「あら、迷子かあ。通《どお》りで泥だらけ……って、怪我もしているのね」

「そうなんです。だから余計、放っておけなくて」

綾乃がためらいがちに言うと、早瀬がうんうんと頷《うなず》いた。

「ちょっと処置室使いますね」

「手伝うわよ」

「ありがとうございます」

気の良《い》い早瀬の笑顔に、綾乃はホッとしながら処置室に入っていく。勝手に連れてきたことを後ろめたく思っていた心が、少し軽くなった。

処置台に乗せられた犬はキョロキョロと物珍しそうに見回している。ただ、落ち着いた様子を見るに、動物病院が初めてというわけではなさそうだ。

早瀬がサッと保定すると少し驚いた様子を見せた犬だったが、それでも抵抗はない。

「ちょっと痛いと思うけど、すぐだから我慢してね」

綾乃の言葉に軽く首を傾げている間に、処置を始める。すでに傷は一度洗い流しているので改めて状態を確認した。

「縫うほどではないし、歩行にも問題なさそう」

「あらあ、よかったわねえ柴ちゃん」

保定中の早瀬にギュッと抱きしめられ、犬は嬉《うれ》しそうな目で尻尾を振った。

ここぞとばかりに薬を塗ると一瞬だけ体を強張《こわば》らせたが、包帯を巻くころにはもう気にしてもいないようだった。

「この子、相当可愛がられているのね。こんなに人懐っこいなんて。しかもここ、病院よ」

「本当ですよね。きっと注射とかも大丈夫な子なんでしょうね」

保定を解かれても犬は処置台の上で澄ましたように座っている。この堂々とした様子からは、とても迷子の犬とは思えないほどだ。

「飼い主さんも捜しているだろうから、元の姿に戻してあげないとね」

早瀬が腕まくりをして、すぐ横のシンクに犬を運んでいく。

犬を洗うための深いシンクに怯えるかと思ったが、犬は楽しそうに尻尾を振っている。

「あらあ、あなたシャンプーも好きなの？　本当、お利口さんね」

日常的に多くの患畜から必死の抵抗を受ける早瀬が、しみじみと口にした。水で流してもシャンプーをつけられても抵抗することなく、犬はただ気持ちよさそうに目を細めているだけだ。

仕上げにドライヤーで全身を乾かせば、艶《つや》やかながらもふわふわに仕上がっていく。笑っているような顔が更に際立ち、なんとも愛らしい犬を前に、綾乃も早瀬も思わず笑顔になった。

「なんだ、急患だったのか？」

突然降ってきた声に、完全に油断していた綾乃の肩が跳ね上がる。処置室の空気が一気に張り詰めていくような気さえした。

「院長、おはようございまーす」

その緊張感を壊すように早瀬が明るく挨拶《あいさつ》をしてくれたが、それでもあまり空気は変わらない。院長は眉間《みけん》に皺《しわ》を寄せて、訝《いぶか》しげな表情で状況を把握しようとしているようだ。

三十歳になってすぐ先代から院長を引き継いだ現院長は、腕は確かだが威圧感がとにかくすごい。一緒に働いて何年も経っているのに、綾乃はいまだに対面で話すのに緊張してしまう。

ただ、仏頂面でもなぜか動物には好かれる性質《たち》で、そのせいかここをかかりつけ医にする飼い主さんは増え続けているそうだ。

「あの、この子は……」

眼鏡越しの鋭い視線に刺されて、綾乃は思わず言葉を詰まらせた。

「飼い主の姿が見えないが、席を外しているのか？」

核心を衝《つ》かれ、覚悟を決めるため綾乃は左拳《ひだりこぶし》を握りしめる。しっかり院長と視線を合わせてから、口を開いた。

「実は、怪我《けが》をしたこの子を自然公園で見つけまして、飼い主さんを捜したんですが、見当たらなかったのでとりあえず保護しました。首輪の金具が壊れていたので逃げ出したのだと思います」

思ったよりずっとはっきり言葉にできてホッとしたが、院長の眉間の皺はより深くなっていく。

「迷い犬……では、飼い主に無断で治療したということか？」

「は、はい。あのまま放っておくわけにはいかなかったですし……」

「そうですよ、院長。まさか怪我した子を見て見ぬふりしろとか言いませんよね？」

しどろもどろになった綾乃を庇《かば》うように、早瀬が一歩前に出てきた。小柄な彼女の背中がとても頼もしく見える。

ジッと早瀬と院長が睨《にら》み合う。

先に視線を外したのは院長だった。

「そうは言わない。しかし、いくら迷い犬とはいえ、勝手に連れてきて、しかも勝手に治療をして、訴えられたらどうする？　そうでなくても、飼い主が見つからなかったらどうするつもりだ。柳生が飼うのか？」

「それは……」

正論を投げかけられ、それ以上綾乃は言葉を続けられない。

本当は捨て犬だったらとか、実は飼い主が近くにいて捜していたらなど、連れてくる前に色々と可能性は考えた。しかし、最終的にはそんなことはどうでもいいと思ったのだ。

だから自分の選択に胸を張れ――そう言い聞かせて、綾乃は再び顔を上げた。

「勝手に治療をしましたが、放置したら化膿《かのう》する可能性もありますし必要な処置です。それに高額な処置をしたわけではなく、常識的な範囲で行いました」

「骨折もなければ、縫合が必要だったわけでもなかったですしね」

早瀬の助け船には院長も納得してくれたようだ。横目で犬の前脚を確認して、すぐに視線を綾乃に戻した。

「確かにそのようだな。だが、仮に飼い主が見つかったとして、高額ではなくても治療費を払い渋られたらどうする。柳生が立て替えるつもりか？」

さすがにそこまでは考えていなかった綾乃は、なんて返していいかわからず黙ってしまう。

「院長、そんな意地の悪い言い方しなくてもいいじゃないですか。綾乃先生の行動は間違っていません！」

「だが、獣医は慈善事業ではない」

食って掛かる早瀬に院長が冷静な一言を放ち、広くない処置室がしんと静まり返る。

気を取り直した早瀬が口を開く前に、院長が大きく息を吐く音が響いた。

「やってしまったものは仕方がない、この後どうするかを考えておくことだ。それより朝の業務が滞っているから、早く片づけてしまうように」

綾乃と早瀬がその言葉を飲み込むよりも早く、それだけ言って院長は処置室を出ていった。

「まったく、あの坊ちゃんは！　綾乃先生、気にすることなんかないからね！」

「ありがとうございます、早瀬さん。でも、院長の言うことは確かに正しいですよね……」

力なく笑う綾乃の肩を、早瀬が叩《たた》いた。

「そうね、院長の言うことも間違ってない。けど、綾乃先生がこの子を助けたのだって、間違ってないのよ」

微笑んだ早瀬は、いまだ処置台の上できょとんとしている犬をギュッと抱きしめた。

「ありがとうございます、早瀬さん」

「いいのいいの。そうだ綾乃先生、警察には連絡した？」

「あ！　してないです……」

「じゃあ、この子はケージに入れておくから電話して、用意済ませちゃって」

言われてから、綾乃は着替えすらしていないことにようやく気がついた。

「すみません、お願いします」

頭を下げてから床に置いていた荷物を拾い上げ、綾乃は更衣室へと急いだ。

スマホを取り出し、最寄りの警察署の電話番号を調べる。まだ慣れないスマホなのと、気持ちが焦っているせいでうまく指が動かせず、なかなか番号までたどり着けない。

こんなことなら連絡帳に登録しておくんだったと後悔しているうちに、なんとか電話を発信することができた。

たどたどしいながらも迷い犬を自然公園で見つけたことや、現在鳥町どうぶつ病院で保護していることを伝えられて、ホッと息をつく。

これで、今あの子にしてあげられることは全部やったはずだ。

「切り替えて、仕事しなくちゃ」

白衣を纏《まと》ってから、綾乃は軽く両頬を叩いた。


午前中の診察は、それほど難しいものはなかった。定期的な経過観察だったり、予防注射だったりで、ほとんど急患がいなかったせいだろう。

「綾乃先生、お昼行ってきちゃったら」

食欲がないので休憩中は書類仕事をすませようと思っていた綾乃に声をかけてきたのは、早瀬だ。顔を上げると、まるで母親のような優しい笑みを向けられた。

「あんまり食べる気分じゃないので、今日はここで適当にすませようかと……」

「だとしても、ちょっと外出てきた方がいいわよ。気分転換に、行ったことのないお店とか入ってみたらどう？」

さすがはベテランなだけあって、綾乃が午前の診察をこなしながらも迷い犬のことを引きずっていると、早瀬は気づいている。

「気分転換、ですか」

「そう。ずっとここにいるよりいいわよ。ほら、行ってらっしゃい」

柔らかい表情ながらも確かな圧を放つ早瀬の言葉に、思わず立ち上がってしまう。まだ乗り気になれないが、早瀬の前で立ってしまったからには外出するしかない。

「じゃあ、行ってきます」

「はい、行ってらっしゃい」

笑顔で見送られながら、綾乃は診察室を出る。

更衣室で簡単に着替え外に出るまで、院長にばったり会ってしまわないか少し緊張したが、杞憂《きゆう》に終わった。

「さて、どうしよう……」

青い空を見上げて綾乃は一つため息をついた。

外の空気を吸ってみても、気も紛れなければ食欲も湧かない。

仕方なく、とりあえず公園の方へ向かって歩くことにした。

慈善事業ではない――そんなの当たり前だ、院長だけでなく綾乃だって獣医として生計を立てている。いくら迷子だったとしてもその場での応急処置ならともかく、病院での処置はやりすぎだったのかもしれない。

早瀬は綾乃も間違っていないと言ってくれた。だけど綾乃自身があの言葉を、胸を張って真正面から受け取れずにいる。

しばらく歩いてから、ふと、なんとなく足を止めた。あてもなく歩いていたので、今どこにいるのか確認したくなったのかもしれない。

周囲を見回してみると、これまで一度も通ったことのない道だ。一瞬不安を覚えたが、自然公園が左手に見えたのですぐに安堵《あんど》した。

とはいえこのまま歩き続ければ戻る際、時間がかかってしまう。どうしようかと悩む綾乃の目にその看板が入ってきたのは、ただの偶然だった。

「CAFE PENGUIN?」

名前の通りペンギンを模《かたど》った突き出し看板に綾乃は釘付《くぎづ》けになる。

そういえば先ほどから芳《こう》ばしいコーヒーの香りが鼻腔《びこう》をくすぐっていた。恐らくあのカフェから漂ってくるものだろう。

食欲はないが、カフェなら飲み物だけの注文でも気まずくない。ずっと歩いているわけにはいかないし、何よりペンギン好きな綾乃にとって惹《ひ》かれる店名だ。早瀬が気分転換に行ったことのない店に入ってみたらと言っていたのもあり、綾乃の足は自然とCAFE PENGUINに向かっていく。

深みのある焦げ茶色の板が外壁に張られ、同じ木材の扉には小窓がついていた。扉の横の大きな窓にはシンプルなカフェカーテンがかけられ、外には観葉植物が並んでいる。

全体的に温かみを感じる佇《たたず》まいに、初めての店でも綾乃はためらいなく扉に手をかけた。

少し重たい扉を引き開けると、柔らかい風が頬を撫《な》でる横でカランッとかわいい音が鳴り響いた。よく見れば、ドアベルには魚のモチーフがついていた。さすが、CAFE PENGUINだ。

落ち着いた照明の店内には五席くらいのカウンター席と二人用テーブル席が五セットあり、こぢんまりとしている。天井から下がるアンティーク調のペンダントライトに、磨き上げられたカウンターが照らされて輝いて見えた。ところどころにさり気なく飾られたペンギンの置物がとてもよい味を出している内装だ。

何よりも印象的なのは、カウンターの奥にびっしりと並ぶ瓶だ。コーヒー豆が入れられているようで、ペンギンの形をしたラベルが貼られている。

「いらっしゃいませ」

扉が閉まるとほぼ同時に響いてきた声に、綾乃は足を止めた。

渋くてよく通る声だ。バリトンよりもバスに近い低音が、心地よく鼓膜を震わせた。ダンディな声、と言っても差し支えない。カフェの店主は渋めのオジ様なのかと考えて声の主を探そうとしたところで、綾乃は視線が動かせなくなった。

コーヒー豆の瓶がたくさん並ぶカウンター内に、ペンギンが一羽《わ》立っているではないか。

あれは、ヒゲペンギンという種のペンギンだ。アデリーペンギン属の一種で、顎《あご》付近に一本の線があるため、和名ではヒゲペンギンと呼ばれている。

もちろん実物大の置物か何かだろうが、まるで本物のペンギンにしか見えない。

「お好きなお席にどうぞ」

ペンギンがその羽を動かして喋《しゃべ》った——ように見えて、綾乃は思わず固まった。

もしかしてこのペンギンは本物で、飼い主が指示でも出しているのだろうか。芸をするペンギンはあまり聞いたことがないが、合図に合わせてフリッパー、ペンギンのあの小さいけれど頑丈な羽を動かすくらいならできるのかもしれない。

とりあえずひとりな上、ペンギンが気になった綾乃は手前のカウンター席に座ることにする。

距離が縮まって、ペンギンが黒い蝶《ちょう》ネクタイをしていることに気づく。飼い主さんの趣味なのだろうか。ヒゲペンギンはクチバシも黒く、白と黒以外の色がないため、とても似合っている。特にアデリーペンギン属は尾が長いので、蝶ネクタイがあるとまるで燕尾服《えんびふく》を纏っているようだ。

ちらりと横目で確認すると、綾乃の他にはもう二人お客がいた。二人とも男性だが、カウンター内のペンギンを気にしていないようなので、常連か何かだろう。

「はい、メニュー」

「あ、ありがとう……ございます？」

澄んだ少年の声と共に横から差し出されたメニューを受け取ろうとした際、思わず疑問符を付けてしまったのも無理はない。

メニューを持ってきたのも、ペンギンだったのだ。

それも、今度は真っ白なカフェエプロンを腰に巻いたキングペンギンのヒナだ。世界で二番目に体の大きいペンギンであるキングペンギンのヒナは、茶色いタワシのような、キウイフルーツのような姿をしている。ただ羽毛は柔らかく、ふわふわもふもふしていてとても愛らしい。

一般的には頭が黒くて体が灰色のエンペラーペンギンのヒナの方が人気かもしれないが、綾乃はキングペンギンのヒナの方が好みだ。ふわふわ感と、個体によっては成長すると親鳥よりも大きくなるその存在感がたまらない。

メニューを受け取ったものの、綾乃はキングペンギンのヒナから目が離せなくなってしまう。

今、キングペンギンのヒナは完全に動いていた。それはもう器用に羽を動かして、綾乃に向かってメニューを差し出していた。

こんな芸当がペンギンにできるだろうか。

正直、獣医の綾乃でも聞いたことがない。

それに、もしかして先ほど話したのはこのヒナの方だったのではないだろうか。

ペンギンが話すなんてこと、ありえるだろうか。

もちろん、あるわけない。

それなら中に子どもが入っている着ぐるみか、精巧なロボットだと言われた方が納得できる。けれどどことなく緑がかった茶色い瞳《ひとみ》の輝きや、瞬《まばた》きの様子などを見る限り、本物としか言いようがないのだ。

ジッと見過ぎたせいか、キングペンギンのヒナが不思議そうに首を傾げた。

「もしかして、コーヒーの種類がありすぎてわからない？　確かに二十種以上あるもんね。まあ、コーヒーのことはマスターに訊《き》いてよ。僕は専門外だし、コーヒーはまだ勉強中だから」

クチバシの動きと音のする方向から考えて、やはりヒナが話している。

声変わり前の高く透き通るような声は、初めに聞こえたダンディな声とはある意味正反対だった。砕けた話し方だが、姿と声のどちらも可愛いせいか、嫌な気分にならない。なにしろ相手はまだヒナだ。この話し方の方がしっくりくるような気さえする。

「専門外……？」

混乱する頭で無意識に尋ねると、キングペンギンのヒナはどこか得意げに頷《うなず》いた。

「そ、僕はパティシエ見習い。コーヒーのことなら、そこのマスターが専門だからさ」

「マスターって……」

キングペンギンのヒナの視線につられて目を動かしたところで、カウンター内のヒゲペンギンと目が合う。すると、ヒゲペンギンがスッと頭を下げてお辞儀をした。

なるほど、あの蝶ネクタイはマスターだからか、と綾乃はひとり納得する。

と同時に、これは白昼夢でも見ているのかと考えたが、それでもいいと思えた。何せ綾乃は気分転換に来たのだ。いっそ夢でも見て癒《いや》されたっていいではないか。

とりあえず今は大事なことを伝えなくてはいけない。とても言い出しにくいが、綾乃はマスターに向き直った。

「あ、あの……すみません、今コーヒーの気分じゃなくて……」

思い切って告げると、マスターが優しく目を細める。ただペンギンが目を閉じただけとも言えるのに、なぜか微笑んでいるように見えるのだから不思議だ。

「もちろん構いません。お好きなものをご注文ください」

ヒゲペンギンが目を細める姿は、愛嬌《あいきょう》があってすごく好きだ。特に正面から見ると少し間抜け面にも見える感じがたまらない。

マスターの低くて柔らかく優しい声も相まって、綾乃の心が嘘みたいに軽くなった。

「ありがとうございます……えっと、それじゃあ……」

メニューに目を落としてみると、確かにコーヒーの種類の多さには驚かされる。ドリップコーヒーだけで二ページを使っているし、その後何ページにもわたって様々なコーヒーの種類が並んでいる。更に、その他の食事やケーキなどのメニューも豊富だ。それらが可愛らしいイラストと共に並べられているので、ついつい見入りそうになる。

パラパラとページをめくっていく綾乃の目に、一つのイラストが飛び込んできた。

「クリーム、ソーダ……」

「お！　お目が高いね。うちのクリームソーダは種類もあるし、何よりアイスが美味《おい》しいよ」

ずっと横で待機していたキングペンギンのヒナが少し興奮したように羽をばたつかせて、思わず綾乃は頬を緩めた。こんなに間近で、しかも見たことのないような動きをキングペンギンのヒナがしてくれるなんて、なんて素敵なカフェだろうか。

どうやらヒナの目の輝き具合などから見ても、彼のおすすめのようだ。

彼の言葉通り、イチゴクリームソーダや海のクリームソーダなど、クリームソーダだけで全部で五種類ほどある。これなら食欲がない今も飲めそうだと思い、綾乃は顔を上げた。

「じゃあ、この『昔ながらのクリームソーダ』をお願いします」

「了解！」

キングペンギンのヒナは敬礼するように片羽をおでこに当ててから、メニューを回収して去っていく。

よちよち歩く愛らしい姿はやはり本物のペンギンだ。ただでさえペンギンはかわいいが、もふもふのヒナが歩くと庇護《ひご》欲が掻《か》き立てられて仕方がない。可能ならばいますぐ抱きつきたいくらいだ。

ペンギンのヒナをこうして間近で眺めるのは久しぶりなのもあって、余計に目で追ってしまう。

「どうぞ」

店の奥にキングペンギンのヒナが消えたとほぼ同時に、綾乃の前に水の入ったグラスとおしぼりが出された。カウンター内のマスターが用意してくれたのだ。

どうやらカウンター内はペンギンたちに合わせ、元々高めに作られているか、台が設置してあるようだ。

「ありがとうございます」

温かいおしぼりを手にする綾乃の前で、マスターが器用にカップやグラスを拭《ふ》いていく。一見危なげに見えてもその手つきは淀《よど》みなく、まるで人間さながらだ。

ある程度拭き終わると、マスターは盆の上にカップとソーサーを何セットか置いた。そしてそれを持ってよちよちと横に移動を開始する。どうやら壁面のコーヒー豆が並んだ棚の横にしまうようだ。

一歩進む度に盆が揺れるので、見ている綾乃はついハラハラとしてしまう。でも同時に、尾羽がひょこひょこ動くことに気づいてしまった。

これは、いい眺めだ。

アデリーペンギン属の尾羽は長いので、余計に動きが可愛い。誰がカウンター内や客席の高さなどを設計したのかはわからないが、足元まで見えるのは控え目に言っても最高だと思う。

「お待たせ」

見入っていた綾乃の横から、ヒナの声がした。

ヒナの持つお盆の上にあった紙のコースターがカウンターに置かれ、その上にクリームソーダが載せられる。そしてストローと柄の長いスプーンが、紙ナプキンの上に丁寧に並べられた。

ペンギンのあの羽でどうやっているのか全く理解できないが、動作は本当に自然だ。

「わあ……」

目の前のグラスの中で、綺麗《きれい》な緑色から泡が弾《はじ》けていく。途端、鼻先をソーダの香りがくすぐっていった。

メロンソーダの上にはアイスクリームと缶詰のサクランボが載せられていて、『昔ながらの』という名の通り、見た目からして懐かしい。

「ごゆっくり」

クリームソーダに魅せられた綾乃に満足した様子で、ヒナがよちよちと去っていく。

ストローを差し込み、まずはメロンソーダを一口飲んでみる。口内でシュワッとしたかと思うと、想像していた通りの甘味と爽《さわ》やかさが広がった。

それから今度は長いスプーンを手にする。

昔からソーダに触れてシャリシャリの食感になったアイスを食べるのが、綾乃は大好きだ。外側を削るようにしてアイスクリームを掬《すく》い、口に入れた。

期待を裏切らない食感のあと、濃厚なアイスクリームが舌の上で溶けていく。

「美味しい……」

ついロに出すほど、アイスクリームは美味しかった。濃厚なのにべったり口に残るわけではなく、ほどよい甘さの後にミルク感が広がって最後はスッと消えていく。これまで食べたどのアイスクリームよりも美味しく感じられた。

「恐れ入ります。そちらのアイスクリームは、当店自家製になります」

「え！　そうなんですか」

「はい、あちらの見習い君が作ったのですよ」

驚きながら視線を動かすと、カウンター内の端で得意な顔をしているヒナの姿に気づいた。少しクチバシを上げ、瞳は誇らしげに輝いている。

その様子から、あのヒナは自分の仕事に誇りと自信を持っているのだと伝わってきた。

私は、どうだろう。

アイスクリームを半分以上食べてから、溶けたクリームと混じり合ったメロンソーダを飲む。

懐かしい味を感じていると、幼い頃の記憶がポロポロと頭の中に降り注いでくる。

獣医を目指そうとした日のこと、ハナを膝《ひざ》に乗せて勉強に励んでいたこと、ハナとの別れや獣医師免許を取得した日のこと。

私がなりたかったのは、どんな獣医だったのだろう。

「アイス食べてるのに、ずいぶんと浮かない顔するんだね」

いつの間にか近づいてきていたキングペンギンのヒナが、カウンター越しに不思議そうに尋ねてきた。

そこには『僕のアイスを食べているくせに』というような責める空気はなく、純粋に疑問に思っているだけだとわかる。

だからかはわからないが、綾乃の口が勝手に開いていく。

「ちょっと、自分の目指すものがわからなくなってしまって……」

「目指すもの？」

「仕事に対する姿勢というか……これからどうなりたいか、どうあるべきなのか、見えなくなってしまったんです」

初めての店でまさかこんな話をするなんて、綾乃自身驚いていた。このカフェの雰囲気と、ペンギンが話すという不思議な空間のせいだろうか。

「なるほど。新人の時期を終えたあとに来る、迷いの時期ってやつだね」

うんうんとヒナが頷くと、横のマスターも一度小さく首を縦に振った。

「そうですね。新人の頃は毎日必死でがむしゃらに突き進めますが、数年経って慣れてくると、ふとこれまで歩んだ道、そしてこれから歩むであろう道に目が行くのでしょうね。

そして、自分の立ち位置についても考え始める。見習い君の言う通り、人によってはそこで迷い出すのでしょう」

マスターの優しい重低音の声が心地よく耳に響く。まるで綾乃が悩んでいることを肯定してくれるようで、少し心の重荷が軽くなった気さえした。

「マスターも悩んだりした？」

見習いヒナ君の問いに、今度はヒゲペンギンが深々と頷《うなず》く。

こうして並んだところを見ると、マスターの頭一つ分以上、キングペンギンのヒナの方が大きい。だが、不思議とマスターの方が大きく見える。

「それはもう。見習いから一人前になるまでの間に大いに悩みましたよ」

「へえ、意外」

綾乃の気持ちを代弁するかのように、見習いヒナ君が言う。

「というか、マスターが見習いだった頃とか想像つかないなあ」

確かに、目の前のヒゲペンギンには落ち着きがあり、何よりも貫禄《かんろく》があった。ペンギンが立っているだけなのに、威厳すら感じさせるのだ。しかしそこに堅苦しさはなく、むしろ柔らかい空気を纏《まと》っているようにも思えた。

見つめていたせいか目が合ったマスターが優しく微笑む。目を細めているだけなのに、なぜか微笑んでいるように感じるのだから不思議だ。

「悩みの解決に絶対といえる正しい方法はありません。その人にとって正しいかどうか、状況にとって正しいかどうか、それによっても全く変わってきますから、本当に厄介ですよね」

「その人にとって、正しいかどうか……」

なぜだかその言葉が綾乃の心にずしんと響く。

「正しいかどうかなんて、どうやったらわかるの？」

見習いヒナ君が僅《わず》かに首を傾げた。

「悩んでいる最中にそれを判断するのは、とても難しいでしょうね」

「ええ、そうなの？」

「言ってしまえば、全ては結果論ですから。ですがどんな解決方法を取るにしても、やはり自分が納得して決めないと、いつまでも引きずってしまうことが多いのではないでしょうか」

納得——そういえば綾乃は何に納得して、何に納得していないのだろうか。

漠然と迷い犬を助けたことに後悔していただけで、そこまで深く考えていなかった気がする。それなのに院長の言葉が頭から離れないから、余計に『答えに辿《たど》り着けない悩み方』をしているだけなのかもしれない。

そう考えたら、少し気持ちが軽くなってくる。

「ごちそうさまでした。お話を聞いていただいて、ありがとうございました」

クリームソーダを飲み干してから、綾乃は静かに席を立った。

「いえ、少しでもお役に立てれば幸いです」

マスターがそっと頭を下げた。

見習いヒナ君はよちよちとカウンター端にあるレジの前へと進んでいく。

「あれ、犬もいたんですね」

レジに向かう途中で、ドアの横で丸まって寝ている犬に気づいて綾乃は声を上げる。黒い毛並みには少し白髪らしきものが混じっているので、それなりの年なのだろう。

犬は声に反応するようにチラリと顔を上げたが、すぐにまた顔を体の中に埋《うず》めた。一瞬だけ見えた円《つぶ》らな瞳《ひとみ》がとても愛らしかったので、思わずしゃがんで何度か撫《な》でてみる。耳がピクリと反応を示したが、嫌がられることはなかった。

「寝ていることが多いけど、今はうちの看板犬だよ」

「そうなんですね。顔見られてラッキーでした」

綾乃の言葉に、見習いヒナ君が同意するかのように笑顔になった。やはり目が細まっただけなのに、笑っているように見える。いや、絶対にこれは笑顔だ。

「また来てね」

「はい。クリームソーダ美味《おい》しかったです」

綾乃が頷くと奥から「ありがとうございました」というマスターの声が響いてきた。

病院に戻った綾乃を、早瀬がどこかホッとしたような顔で出迎えた。どうやら多少気分転換できたと思ったようだ。

確かに、外出前よりだいぶ楽になった。本物のペンギンが店長と店員というありえない空間のせいか、まるで心地の良《い》い夢を見ていた気分だ。何より、マスターや見習いヒナ君に、肯定してもらえたのが大きいのかもしれない。

おかげで残った休憩時間に迷い犬と触れ合っても、後悔する気持ちに呑《の》まれることはなかった。むしろ相変わらず笑ったような顔の人懐こい柴犬《しばいぬ》に、ただただ癒《いや》された。

だから午後の診察も、穏やかに進んだ。

一件手術の予定があったが生死にかかわるものではなかったため、綾乃の疲労もさほどではない。何より、患畜の犬が麻酔の切れたあととても元気だったこと、そんな姿を見て微笑む飼い主を見たら、疲れなど吹き飛んでしまったのだ。

だから油断していた。

午後の診察時間も終わってから様々な雑務をこなし、そろそろ帰宅しようと考えた綾乃の前に現れたのは、院長だった。

「柳生、あの迷い犬をどうするか決めたのか？」

顔を見せるやいなやそう尋ねられて、綾乃は言葉を詰まらせる。

「今は入院用のケージにも空きがある。だが、いつまでも置いておくわけにはいかないだろう」

「わかっています。けど……」

自分が連れて帰ればよいのだが、生憎《あいにく》と綾乃の住まいは小動物以外のペット不可物件だ。柴犬を連れて帰ればすぐにばれてしまう。

「警察に連絡はしたんだろうな」

「はい、それは朝にやりました」

綾乃の答えに、少しだけ満足した様子で院長は頷いた。

「そうか。なら、あと数日飼い主が現れなかったら、引き取り手を探すなり何なりするように」

それだけ言って、院長は足早に去って行ってしまう。

彼の足音が聞こえなくなってから、綾乃は力なく椅子に腰を下ろした。

院長の言っていることは、間違いなく正論だ。いつまでも置いておくわけにはいかないし、飼い主が現れなかった場合のことも考えなくてはいけない。

正しいと思うのにどこか納得できていない自分がいる。

院長に「飼い主が見つかるまでいつまでも預かろう」とか「もしもの時は俺が引き取る」なんて言って欲しいわけではない。

なのに、なぜこんなに心がモヤモヤするのだろう。

ため息をつきそうになって、綾乃はそれを飲み込んだ。

まずは飼い主を捜すのが先決だ。それがあの犬のためでもあるし、もちろん綾乃のためにもなる。

「よし」

綾乃は握りこぶしを作ってひとり頷き、落としていたパソコンの電源をもう一度入れた。

結局帰宅できたのは二十三時を回った頃だった。

あれから迷い犬の写真を何枚か撮り、それを使って飼い主を捜すためのチラシを作成したのだ。

病院で数枚プリントアウトしてから、帰宅途中にコンビニで数十枚コピーした。

明日の朝早めに家を出て、職場周辺に貼り出したり、ポストに入れたりしようと考えながら、綾乃はベッドの上に倒れ込んだ。

「なんかもう……気力ないや」

一生懸命努力して、夢だった獣医になれた。

やりがいはあるし、動物たちが元気になる姿を見ると、この仕事に就いて本当によかったと思える。

だが一人暮らしなのもあって、暮らしは楽とは言い難いのが現状だ。

手術が重なれば疲労が蓄積され、休日も術後経過が気になって仕方がない時もある。動物の死にも当然直面するし、手術中などに手の平から命が零《こぼ》れ落ちていく感覚に陥る時だってある。

これが、見習いヒナ君が言うところの『迷いの時期』というものなのか。

ずっとなりたかった職業なのに、なぜこんなにも苦しいのだろう。

これが獣医の現実なのだと言えばそうなのかもしれないが、綾乃だってちゃんと覚悟を決めてここまで歩んできた。

だけど、本当に覚悟があったのだろうか。迷い犬を助けただけで揺らぐ程度なら、覚悟などなかったのではないか。

段々と不安になって、綾乃の中であらゆるマイナスな考えがぐるぐると回り出す。

苦しくなってきた時、ふと昼間のあのカフェが脳裏に浮かんだ。マスターや見習いヒナ君の優しい言葉の一つ一つが、静かに心に降り注いでいく。

あの二羽《わ》の声が脳内で再生され、不思議と安心できた。

大丈夫。

きっと大丈夫。

なんの根拠もないが、それでも今はこのまま眠りに就けそうな気がした。

翌朝の目覚めはそれほど悪くなかった。

だが、テーブルの上に置いていたチラシの束を見た途端、心がずしんと重くなる。院長の言葉が頭の中でリフレインしかけたが、綾乃は小さく頭《かぶり》を振った。

せっかく朝早く起きられたのだ、チラシを配りに行こう。

そう決めて、綾乃は手早く準備を済ませていく。ただ、相変わらず食欲は湧かないので朝食は食べずに出発することにした。

電車に揺られ、職場の最寄り駅で降りる。

自然公園に向かいながら、犬を飼っていそうな家に少しずつポスティングしながら歩く。犬を飼っている家同士なら繋《つな》がりがあるかもしれないし、見かけたことがあるという人が出てきてくれるかもしれない。

普段は通らない道を選んで配っていると、鼻腔をくすぐるコーヒーの香りに気づいた。顔を上げて視界に入ってきたのはＣＡＦＥ　ＰＥＮＧＵＩＮだ。いつの間にか昨日と同じ道に入ってきていたようだ。

まるで吸い込まれるように、綾乃の足は自然とＣＡＦＥ　ＰＥＮＧＵＩＮに向いていく。早朝とも言える時間だが『ＯＰＥＮ』の文字を見つけ、安心して扉を開けた。

「いらっしゃいませ」

カランッとドアベルが鳴ると同時に、中から低音の心地よい声が響いてくる。

「おや、貴女《あなた》は昨日の」

カウンター内のマスターはすぐに気づいて、羽で綾乃を目の前の席に来るように誘導してくれた。

「おはようございます。あなたも、おはよう」

まずは一度しゃがんで昨日と同じところで寝ている犬を軽く撫でさせて貰《もら》ってから、綾乃はカウンターの方へ向かった。

まだ六時半という時間だから他にお客さんはいないだろうと思っていたが、今日も一番奥のカウンター席に男性がひとり座っている。どことなく昨日も見た顔にも思えたが、とりあえず綾乃は席に着いた。

「あ、また来てくれたんだ」

横から近づいてきていた見習いヒナ君が嬉《うれ》しそうに目を細めてくれる。茶色のもふもふが喜んでくれると、なんだかいいことをした気分になった。

「はい、メニューどうぞ。うち、モーニングもやってるよ」

「ありがとうございます」

考えなしに入ってしまったが、相変わらず食欲はない。今食べられそうなものは、やはりアイスクリームくらいだ。

「あの、こんな時間ですけどクリームソーダって注文できますか？」

恐る恐る尋ねてみると、見習いヒナ君は笑顔でうんうんと首を振った。

「もちろんだよ。よかったら、昨日と違う味にしてみたら？」

言いながら、彼はカウンターに置かれたメニューを器用にめくっていく。茶色いもふもふしたペンギンが背伸びをしてカウンターに羽を伸ばしている様は、控え目に言ってとてとても愛らしい。

「僕のおススメは、海のクリームソーダ」

言いながら見習いヒナ君が楽しそうな顔で、綾乃を覗《のぞ》き込んだ。

これはもう、おススメを頼む以外の選択肢が浮かばない。

「じゃあ、それをお願いします」

「はーい」

自分の意見が通ったからか、どことなく上機嫌でキングペンギンのヒナはメニューを手に去っていく。体を左右に揺らし、よちよちと歩く後ろ姿には相変わらず見入ってしまう。

それからマスターが備品を磨いている姿を眺めていると、あっという間にクリームソーダが運ばれてきた。

「はい、どうぞ」

「わあ……綺麗《きれい》……」

メニューのイラストと同じような青いクリームソーダだが、実物は透き通っていて更に綺麗だ。昨日のクリームソーダの縦長のグラスと違い、少し背が低いが幅の広いブランデーグラスのような形も、まるで海がそこにあるみたいで吸い込まれそうになる。

「ごゆっくり」

綾乃の反応を見た見習いヒナ君が、満足そうな顔をしてから戻っていった。

昨日と同じく、まずはソーダを一口味わおうとストローをさしたところで泡が弾《はじ》けて、ふわりとリンゴの香りが漂った。

そのまま飲んでみると、甘味と共に微《かす》かなリンゴ味が口の中に広がっていく。見た目の美しさが余計に爽《さわ》やかな味に感じさせてくれる。

次にスプーンでアイスクリームを口に運ぶ。まずはシャリシャリの部分の食感を味わってから、次は大きくひと掬《すく》いした。

「美味《おい》しい……」

心からの呟《つぶや》きが零れる。

昨日と同じ味かと思いきや、くちどけは同じでも想像していたよりバニラの香りが強かった。爽やかなリンゴの味と濃厚なバニラアイスクリームは、とにかく相性がいい。食欲がなかったことも忘れて、綾乃は目の前の海のクリームソーダに夢中になっていく。

あっと言う間に全部飲み干してから、深く息を吐いた。

もっと味わえばよかったという後悔ももちろんだが、何より飲み終わったことで今から現実と向き合わなくてはいけないことを思い出したのだ。

「昨日といい、相当悩みは深そうだな」

これまでこの店で聞いたことのない声に驚いた綾乃が顔を上げると、一番奥のカウンター席に腰をかけていた男性と目が合う。

スーツを着た男性は五十代くらいだろうか。体つきは厳《いか》つく妙な目力のある人だと思った途端、なんだか牛のような姿に見えるようになった。慌てて目を擦《こす》ってみたが、今度はむしろ完全にバッファローになっている。

何度か瞬《まばた》きしても変わらないので、なんだか頭が段々、見えたものを受け入れようとしてきた。そもそもここの店員は本物のペンギンだ。お客さんがバッファローということもあるのかもしれない。

「突然すまない。実は昨日君が話しているのを勝手に聞いてしまってね。よければここでもう少し悩みを吐き出して行ったらどうかと思ったんだ」

スーツを着て、席にしっかりと座っているバッファローの声は柔らかく、彼が心から心配してくれているのが伝わってきた。マスターと見習いヒナ君もカウンターの中から頷《うなず》いて、綾乃の言葉を待っていてくれるのがわかる。

だから、自然に言葉は出てきた。

「あの私……獣医になってもうすぐ三年になるんです」

「ほう、立派な仕事だな」

バッファローの言葉に、マスターが深く頷いた。

バッファローもペンギンも実際に診察したことはないが、仕事を肯定してもらえるのはやはり嬉しい。

「とにかく動物の命を救える獣医になるんだって小さい頃から思っていて、それで、夢を叶《かな》えました」

マスターはもちろん、見習いヒナ君もバッファローの目も優しくて、綾乃の舌は滑らかになっていく。

「動物病院に就職して、それから毎日必死に動物たちと向き合ってきました。一匹でも一羽でも多く救えればって思って……全てとは言えませんが、胸を張れるくらいには結果を出してきたつもりです」

「そりゃ大したもんだ」

「ええ、素晴らしいですね」

心地よいくらい、ふたりの肯定が心に響く。飼い主さん以外にこんなに純粋に褒めてもらったのは、いったいどれくらいぶりだろうか。

「それで昨日、出勤前に迷い犬を保護したんです。周囲に飼い主さんは見当たらなかったし、足に怪我《けが》もしていたので、職場に連れて行って手当をしました。そしたら、勝手に連れてきて勝手に治療をして、訴えられたらどうするんだって、院長に言われたんです。そもそも飼い主が見つからなかったらどうするのか、獣医は慈善事業ではないとも言われて……」

「なるほど……」

バッファローが短く唸《うな》るように答えた。

マスターと見習いヒナ君は黙って綾乃の言葉を待っている。

皆から綾乃のことも院長のことも否定する空気はないのが伝わってきて、その先を続けられた。

「院長の言うことは理解できるんです。私はこの仕事のおかげで食べていける。だけど言われたことを反芻《はんすう》するうちに、見捨てておけばこんなこと言われなかったのかって考えてしまって、それで自己嫌悪してしまうんです。院長に言われたことよりも、そんなことを考える自分が、すごく、嫌なんです。私がなりたかったのは、こんなことで揺らぐような獣医だったのかとか、色々考えてしまって……」

最後は声が掠《かす》れていた。

綾乃は空になっていたクリームソーダのグラスを両手で覆うようにして握りしめる。

こんな話をしてしまって、呆《あき》れられたり、軽蔑《けいべつ》されたりしないだろうか。

そう思って恐る恐る視線を皆の方へ戻すと、マスターと目が合った。すると優しく目を細め、彼はまるで綾乃の不安を包み込むように微笑む。

「迷い犬を保護されたことは、とても素晴らしいことだと思います」

低く穏やかな声が綾乃に向かって発せられた。

「ああ、それは本当に立派なことだよ」

バッファローも深く頷いてくれた。

たったそれだけで、なんだか心が少し軽くなったような気さえする。

「もちろん、院長さんの言葉にも正しさはあります。保護してから飼い主さんに無事引き渡すまでの期間も、どれほどかかわからないですから。ゴールの見えないことには、誰しも尻込《しりご》みしてしまうのではないでしょうか。それが、経営する立場であればなおさらかもしれません」

「そうだな。言い方は悪かったのかもしれないが、院長の言っている内容が間違っているわけではない。だから君も辛《つら》いんだろう？」

「……はい」

バッファローの問いかけに、綾乃は少し唇を噛《か》みながら頷いた。

院長の立場であれば苦言を言いたくなるのは当たり前だと、綾乃だって思う。だけどそれをうまく咀嚼《そしゃく》できないのだ。

「正論ばかり投げつけられると、逃げ場がないからな。でもそれを辛いと感じるのは、君がきっといい加減な気持ちで向き合っていないからだ。君は、偉いね」

優しく言われて、涙腺《るいせん》が崩壊しそうになる。

視界がぼやけそうになったので、慌てて手で目尻《めじり》を押さえると、マスターが優しくこちらを見ていることに気づいた。

「ええ。本当に、お客様は頑張っていらっしゃると思います。なので、一度正論は忘れてみたらいかがでしょうか」

「忘れる……？」

それができたらどんなにいいかと思いながら、綾乃は首を傾げた。

「はい。たとえばですが、お客様にとっての正解とはなんだったのか、と考えてみるのはどうでしょうか」

「私にとっての、正解……」

あの迷い犬を助けるか助けないかを考えた時、綾乃にとっての正解はどちらだろう。

呆然《ぼうぜん》としながらマスターと視線を合わせると、彼は再び笑いかけてきた。

「ただ、正解というものはその時の状況によって変わったりもしますから、なかなか難しいですよね」

言いながら、彼はカウンターの端へと移動する。

「コーヒーでもなんでもそうですが、美味しいと感じるかどうかは飲んだ人次第なのです。言ってしまえば、飲んだ人の好みによって評価が変わってくるというわけです。それこそ、どんな状況で飲むかによっても、好みは変わることでしょう」

少し離れていても、蒸気が漏れるような音と共にマスターの声は綾乃の耳にもよく響いてくる。

「だからと言って、提供する側が努力をしなくてもよいわけではありません。相手にとって美味しいか美味しくないかの判断は難しくとも、『よいコーヒーか、悪いコーヒーか』の判断は提供する側がいつだってできるのです」

「よいコーヒーか、悪いコーヒーか……？」

「はい。良質なコーヒー豆を適正に焙煎《ばいせん》し、新鮮なうちに適正な抽出をする、それがよいコーヒーだと、私も師匠から教わりました」

マスターが今度は何かを手にして戻ってきた。あの羽で器用に、危なげなく運ばれてきたそれは、コトリと音を立てて綾乃の目の前に置かれる。

「これって……」

グラスの中にはコーヒーに浸されたアイスクリームがあった。

「アフォガードになります。よかったらお召し上がりください」

「でも……」

「マスターがこう言っているんだし、食べちゃいなよ。僕のアイスクリームで作るアフォガードは絶品だよ」

躊躇《ちゅうちょ》する綾乃に見習いヒナ君がウインクをした。

「じゃあ……いただきます」

頭を下げてからスプーンでひと掬《すく》いして口に入れる。

エスプレッソの濃厚な香りと重厚感のある味が口の中に充満したかと思うと、滑らかなアイスクリームが溶けて広がった。普段エスプレッソなど飲まない綾乃だが、苦味はまろやかな甘味と絶妙な調和を生み出している。

「美味《おい》しい……」

「恐れ入ります」

マスターがゆっくりと頭を下げた。

「それは私もよく食べるんだ。特に、食欲のない時はね」

バッファローが少し恥ずかしそうに言った。彼がこれを食べている姿を想像すると、なんだかとても微笑ましい。

「本当、食欲がないのなんて忘れるくらい美味しいですね」

綾乃の言葉に三匹が満足そうに頷いている。

「柳生様に美味しいと思ってもらえるよう、よいコーヒーとよいアイスクリームで作りました」

どことなく胸を張って、マスターが続ける。

「長い間志を保つことは、容易《たやす》くはありません。また、日々周囲にとっての正解、自分にとっての正解を選び続けることも、とても難しいものです。ですが『よいもの』であるための選択、そして『よいもの』でありつづけるように努力していけば、また志と相まみえることができるようになるのではないでしょうか」

マスターの心地よい声を聞きながら、綾乃の意識は次第にぼんやりとしてきた。

なぜ名前を知っているのか、綾乃で言うところの『よいもの』とは何か、訊《き》きたいことはいくつもあったが、瞼《まぶた》が重くなってくる。

どうしようもない眠気に抗《あらが》えず、綾乃はとうとう瞳《ひとみ》を閉じた。

気がつくと、道端にいた。

まるで見覚えのない場所に慌てる中で、すぐ隣にバッファローが何頭かいるのに気づく。

誰もが服を着て二足歩行をしていることに驚いたが、先ほどのバッファローもスーツを着ていたことを思い出して少し落ち着いた。

それにしてもここはどこだろう。

「あそこの川、久しぶりだよな」

戸惑う綾乃に、一頭のバッファローが陽気に話しかけてきた。

「な。みんなで泳ぐのも久しぶりじゃん」

「天気よくてよかったー」

一緒にいるのは三頭で、服装や話し方からして十代のような雰囲気だ。どうやら今から友達同士で遊びに行くところのようだ。

綾乃もなぜか友達扱いされていることを不思議に思い、通りかかった店のショーウィンドウに映し出された姿を見て啞然《あぜん》とした。

なんと綾乃もバッファローになっているではないか。

他のバッファローのように若者の服を着て、どう見ても仲間にしか見えない。

「なあ、あれ……」

呆然としながら歩き進んでいると、友達の一頭がどこか怯《おび》えたような声を出した。

彼の視線の先、少し暗くなっている路地にいたのはキリンだ。やはり服を着て二足歩行しているが、小柄なところを見るとまだ子どものようだ。

そしてその前にいるのは二頭のヒョウだった。

動物たちが二足歩行する世界で、果たして食物連鎖なんてものがあるのかはわからないが、それでもとても親睦《しんぼく》を深めている空気ではない。綾乃の常識で判断するならば、カツアゲをされているように見える。

「うわ、まだ子キリンじゃん……」

「どうする？」

「どうするって……ヒョウだし……」

この世界でも、バッファローの方がヒョウより体はかなり大きい。だがやはり草食動物にとって肉食動物は脅威なのだろう。

綾乃の体も先ほどヒョウの姿を見てからずっと強張《こわば》っており、微《かす》かに震えているほどだ。

「……離れてから、警察に連絡したら？」

「それだ、そうしよう」

一頭の言葉に綾乃も含めた二頭がすぐに頷《うなず》いた。

だが、残りの一頭はジッと怯えている子キリンを見つめたまま、静かに首を横に振った。

「それじゃ間に合わないかもしれない……僕らで助けよう」

「無理だよ」

「そうだよ、僕たちにできるわけがない」

「ヒョウ相手はさすがに……」

反対に便乗して、綾乃も同意する。

「僕たちには立派な角もあるし、不意打ちでいけば逃げてくれるかもしれない」

しかし言い出した一頭の意志は固いようだ。

「僕だけで行くから、混乱した隙にあの子キリンを連れて逃げて」

真っ直ぐに綾乃を見る彼の目からは、絶対に助けるという強い気持ちを感じられた。

「君が行くなら、僕だって行くよ」

綾乃の口から自然とそう出ると、他の仲間も次々に頷いていく。

「ぼ、僕だって」

「四頭なら……い、行けるよね」

綾乃も、他の皆の声も震えていた。

正直に言えば、今だって怖くてすぐにでも逃げ出したい。自分ではなく、誰か他の強い動物があの子キリンを助けてあげればいいと思う気持ちがある。

だけど、友達のことを見殺しになどできるわけがなかった。

「よし、行こう」

友達の一言で、全員が覚悟を決めた。

グッと拳《こぶし》を構え、一斉に全力で走り出す。

大きな体で力強く足を踏み出していくと、それだけで重厚な音が路地に響き渡った。

「な、なんだ」

子キリンを囲んでいたヒョウ二頭が驚いた顔をこちらに向けると、牙《きば》が、爪が、キラリと光ったような気がした。

僅《わず》かに体が萎縮《いしゅく》したが、前を走る友達に勇気をもらって足を動かした。

ドンッと大きな音を立てて友達が一頭のヒョウに頭をぶつけると、他の友達の頭も別のヒョウに衝突した。

「ぐぁっ……」

重量と勢いで、ヒョウ二頭は路地の奥に吹き飛ばされていく。

バッファローたちはそこで足を止め、守るようにキリンを背後に隠した。

ゆっくり起き上がろうとしているヒョウに向かって、全員で威嚇するようにブロロロッと鼻を鳴らす。内心は怖がっていても、なるべく表に出さないように綾乃も一生懸命睨《にら》みつけた。

「な、なんなんだよお前たち」

「警察には連絡したから、もうすぐ来るぞ」

先頭を切ったバッファローが低く告げると、ヒョウの喉《のど》がグッと鳴った。

「クソッ！」

そこまでのリスクを負いたくなかったのだろう。短い捨て台詞《ぜりふ》を吐いて、ヒョウたちは一目散に走って去っていく。

その後ろ姿を見て、綾乃も友達も皆が大きく息を吐いた。

もしあの牙や爪で向かってこられたら、無傷ではすまなかったはずだ。反撃を全くされずに済んだことに、誰しも心から安堵《あんど》していた。

「よかった……」

呟《つぶや》いた綾乃が子キリンの無事を確かめようと振り返ると、すぐに目が合った。

「大丈夫だった？」

なるべく優しい声色になるよう気をつけながら声をかける。

しかし子キリンは怯えた顔で「ヒッ」と声を漏らして、じりじりと後ろに下がったかと思うとそのまま踵《きびす》を返して走り出した。

四頭とも肩で息をしながら立ち尽くしていたが、綾乃はふと気づいた。

「お、おい、怪我《けが》してる」

　体当たりをした友達の額には、爪で引っかかれたような傷がある。傷自体は深くなさそうだが、肉食動物に傷つけられた痕《あと》を見た途端、先ほどまでの恐怖が蘇《よみがえ》ってきた。

「本当だ、血が出てる。でも大丈夫だよ、痛くない」

　友達は綾乃や他の仲間を安心させるためか、穏やかに微笑んだ。それでもくっきりと付いた爪痕は痛々しい。

「せっかく助けたのに……あの子も逃げちゃったね」

「本当だよ……何のために助けたんだろう。こっちは怪我までしたのに」

　一頭が肩を落としながら呟くと、綾乃も思わず同意して口をへの字に曲げて言った。

　だが、怪我を負った友達は相変わらず優しく笑って、綾乃たちと肩を組む。

「いいんだよ。そりゃお礼を言ってくれたら嬉《うれ》しいけどさ、本質はそこじゃないよ」

「本質？」

　聞き返す綾乃に、彼は頷いて見せる。

「うん。あのまま見て見ぬ振りをしたら、僕たちはずっと後悔していたよ。もしかしたら、四頭で集まっても、後ろめたい気持ちで心から楽しく過ごせなくなっていたかもしれない。だけど助けた今なら、僕たちはよく頑張ったよなって笑えるだろ。いつものご飯でも、きっともっと美味しく感じられるよ」

友達の笑顔を見て綾乃は、ああそうかと納得した。

これまでの心のモヤモヤがスーッと晴れていく気さえした。

見捨てていたら、ずっと後悔していたはずだ。

けれど行動した今なら、いつか笑い話にさえできる——そう思った瞬間、綾乃の視界は真っ白になっていった。

目を開けるとCAFE PENGUINの店内が視界に入ってきた。

カウンター内でグラスを拭《ふ》いているマスターと、なにかを片づけている見習いヒナ君が見える。一番奥のカウンター席では、バッファローがトーストを食べていた。

先ほど見ていたのは白昼夢だったのだろうか。

思わず手を見たものの、当然人間の、いつもの綾乃の手だった。それにしてはあの走った感覚も、最後の肩を組んだ感覚も、とても現実的で、今も残っているような気さえする。

寝不足なのもあって変な夢を見たのかもしれないが、だとしてもとてもよい夢だった。

綾乃にもう、後悔はない。

もし飼い主が見つからなかったら院長に頭を下げて、里親を探せばいい。自分が引きずらないため、自分が納得するためなら、費用を綾乃が負担したって構わない。たとえこの後にどんなことがあろうと、全て自分が納得できる行動だったと今は胸を張って言える。

ふと、カウンターテーブルの上のアフォガードに気がついた。そういえば食べていた最中だったと思い出してグラスを見ると、まだ半分以上残っている。しかもアイスクリームは溶けておらず、さほど時間が経っていないことがわかった。

残っていたアフォガードを口に運ぶと、相変わらずアイスクリームの滑らかさと甘さがエスプレッソの苦味を絶妙に包み込んでくれる。そして最後に残るコーヒーの香りが、どことなく口の中をさっぱりとしてくれるようだ。

静かに最後まで味わってから、綾乃はゆっくりと席を立った。

「色々と、ありがとうございました」

綾乃の言葉に、ペンギン二羽《わ》とバッファローが視線を向けてくる。

「何か、吹っ切れたようですね」

マスターが目を細めて優しく微笑んだ。

「はい。皆さんが話を聞いてくれて、アドバイスをくれたおかげで、私は志とまた向き合えそうです」

「それは何よりです。ですが私たちはただ、ほんの少し背中を押しただけです。柳生様がこれまで歩んできた道があるからこそ、その志とまた巡り合えるのです」

本当に、マスターの言葉は耳にだけでなく心に響く。

一言一句忘れないよう、胸に刻んでから綾乃はCAFE PENGUINをあとにした。

職場に向かう足取りは、昨日までよりもずっと軽くなっている。まるで跳ねるようにして自然公園を抜けると、すぐに鳥町どうぶつ病院が見えてきた。

時計を確認するとまだ七時過ぎだ。

これなら昨日お世話になった早瀬の分まで掃除や準備をできると嬉しくなった矢先、入り口の前に誰かがいることに気づいた。ウロウロしながら、動物病院の中を何度も覗《のぞ》き込んでいる姿は、どう見ても不審者だ。

綾乃は速度を少し落とし、歩きつつもじっくり不審者の観察をしていく。

七十代くらいで白髪交じりの男性だ。手にしたチラシを何度も確認しながら、動物病院内を見ようとしている。

だが入り口のガラス面にはカーテンが引かれているため、中は見えない。仮に隙間があったとしても、床が見える程度だろう。

距離が縮まっていくにつれて、老人の持っているチラシが見覚えのあるものだと感じられてきた。

　そして、あと数メートルのところでそれは確信に変わった。

「あの、うちの病院になにか御用ですか？」

　なるべく静かに綾乃は話しかけたが、それでも老人の肩が跳ね上がった。

　視線を合わせてみると、穏やかで優しそうな顔をした老人が頭を何度も下げてくる。

「あ、あの、すみません。実はうちの犬が行方不明になってしまったんですが、今朝、新聞を取りに行こうとしたら、このチラシが入っていて」

「あ……」

　差し出された紙は、まさに綾乃が昨晩作成したものだ。

「こちらで保護していただいているんですよね？」

　恐る恐るという様子で老人が尋ねてくるので、綾乃は笑顔で頷《うなず》いた。

「はい、昨日の朝に保護しました。少し怪我をしていますが、元気ですよ」

「ああ……よかった……」

　綾乃の説明に、老人は顔を手で覆った。

「本当に……本当にありがとうございます。昨日からずっと捜していたんですが、見つからなくて、もしものことがあったらどうしようかと、気が気ではなくて……」

再び何度も頭を下げる老人の目には涙が浮かんでいる。

それだけで、あの犬がどれほど愛されているのかが伝わってきた。

「少々お待ちくださいね。すぐに連れてきます」

老人に伝えてから、綾乃は鍵《かぎ》を開けて中へ入っていく。

当直の動物看護師に軽く挨拶《あいさつ》をして、よく寝ている迷い犬のケージを開けた。少し寝ぼけたような目で見上げてきたが、彼はすんなりと綾乃に抱きかかえられる。

「よかったね、飼い主さんが来てくれたよ」

ギュッと抱きしめると、わかっているのかいないのか、犬は嬉しそうに尻尾《しっぽ》を振った。

外に出た途端、犬がまるで呼ぶように一声「ワンッ！」と鳴いた。先ほどよりもずっと激しく振られている尻尾は、このままどこかへ飛んで行ってしまいそうなほどだ。

飼い主の老人が犬の名前らしきものを口にしながら慌てて駆け寄ってくると、ますます犬の尻尾の速度が上がっていく。

「前脚を怪我していましたが、これ以上病院に行かなくても完治する怪我なので安心してください」

受け取った愛犬を地面に下ろしひとしきり抱きしめたあと、新しい首輪とリードを装着させてから老人は立ち上がった。

「手当をしていただいたんですね、すみません。ありがとうございます」

「いえ、本当に軽傷だったので」

深く頭を下げる老人に、綾乃は軽く手を振った。

犬は新しい首輪を見せつけるように、誇らしげな顔で綾乃を見上げてくる。その顔が可愛くて、ついついしゃがんで撫《な》でてしまう。

もうこの犬の満足そうな顔と、飼い主の嬉しそうな顔を見られただけで、自分の行動に誇りを持てそうなくらいだ。

「治療費、おいくらですか？ それと病院に置いていただいていたなら、そちらもお金がかかったでしょう。ちゃんと、お支払いしますから」

「……えっと……」

デジタルカルテなしに治療費の計算をしたことのない綾乃は、思わず言葉を詰まらせた。

飼い主が見つかったら治療費を請求するつもりだったかさえ、わからなくなってくる。

「あ、こんな時間だから金額とか出せないですよね。連絡先をお伝えするので、お手数ですがあとで教えていただけますか？ すぐに払いに来ますので」

「は、はい」

「すみませんが、書く物を貸していただけますか？」

戸惑う綾乃がペンを差し出すと、老人は持っていたあのチラシにすらすらと住所や電話番号などを書いていく。

「本当にありがとうございました。この子の顔を見れば、手厚い保護だったことがよくわかります」

チラシを差し出す老人は、安堵《あんど》感に溢《あふ》れた微笑みを浮かべた。

「いえ、そんな……もっと早くどうにかお知らせできたらよかったんですけど、すみません」

「いやいやいや！　あんな早朝にポストに入れてくれて、本当にありがとうございます。本当はもっと早い時間に来ようと思っていたんですが、家内にさすがに誰もいないだろうと止められまして……」

少し恥ずかしそうに老人がはにかんで、頭を掻《か》いた。

それだけ我が子に早く会いたかったのだろうと、綾乃も嬉《うれ》しくなってくる。

「それでは、本当にありがとうございました」

老人はこれまでで一番深く頭を下げ、犬のリードをしっかり握って歩き出す。その歩みはとても軽やかで、まるで犬と飼い主がスキップしているようにも見えた。

後ろ姿が見えなくなってから、綾乃はホッと息を吐いて受け取ったチラシに目を落とす。

「え？　五丁目って隣駅の方……なんで？」

何度見返しても五丁目と書かれている。綾乃が行っていない地域の住所に、戸惑いを隠せなかった。

けれど、チラシは間違いなく綾乃が作ったものだ。

「無事、見つかったみたいね」

声をかけられて振り向いた先に、早瀬がご機嫌な顔で立っていた。どうやら途中から見られていたようだ。

「しかもちゃんとした飼い主さんだったみたいだし、本当よかったわ」

「はい。でもどれくらいの治療費を提示すればいいのか……」

「あとで計算しておいてやる」

そう言って病院から出てきたのは院長だった。

予想していなかった人物の登場に綾乃は思わず言葉を詰まらせる。

「実はね、院長ったら綾乃先生が置いて行ったチラシをコピー……」

「ちょっと早瀬さん！」

早瀬の言葉を院長が慌てて遮った。顔色や表情はあまり変わらないが、耳が真っ赤になっている。

「つまり、院長が五丁目の方に配ってくれたんですか？」

綾乃が尋ねると、院長はフィッと視線を逸《そ》らして咳払《せきばら》いをする。

「どうせ柳生は自然公園周辺しか配らないとも思っていたし、なにより暇だったからな」

「私がカバーできない地域を、回ってくれたんですね……」

「犬の行動範囲は意外に広いから、念には念を入れただけだ。いつまでも引き取ってもらえないと困るしな」

いつもなら冷たい視線を向けてくるような院長が、今は決して目を合わせようとしない。それだけでなんだか、彼の気恥ずかしさが伝わってくる。

「あのね、院長はずっと綾乃先生に言い過ぎたって……」

「早瀬さん！」

言い過ぎたとは、あの正論のことだろう。

確かにもう少し優しい言葉を選んでもらえたら、凹《へこ》まずにいられたかもしれない。でも言われたことはどれも、間違っていない。

情報処理しきれなくなり、呆然《ぼうぜん》と院長を眺めている綾乃に向かって、彼は再び咳払いをした。

「どんな状況であれ、動物を助けたいと思う気持ちは間違っていない。ただ、今回のような場合は、発見した時点ですぐに相談をしろ。なんのための携帯だ」

「は、はい……すみません」

口調はとげとげしいし、威圧感すらある。けれど先ほどまでの様子を思い出せば、全く萎縮《いしゅく》しなかった。むしろ、この人は圧倒的にコミュニケーションが下手なのでは、と三年も経った今初めて思えるくらいだ。

「そうね、これぱっかりは院長が正しいわ。私たちは一つの病院で働く仲間だもの、いつだって相談していいのよ」

今回の件だって、あの犬を発見した時にすぐ院長に相談していれば、結果としてやることは同じでも、あんな想いはしなかったのかもしれない。だってこの院長が、動物を見捨てるなんて考えるわけがないのだ。

どうして気づかなかったのだろう。ひとりで勝手に深刻になって、視野を狭くしていたのだと、今ならわかる。

綾乃の職場は、こんなにも優しい場所だった。

「……ありがとうございます、院長、早瀬さん」

泣きそうになりながらも笑顔で礼を言うと、二人も笑顔になっていた。

「どうですか、CAFE PENGUINは。少しは慣れましたか？」

お客が誰もいない店内で、マスターが見習いのキングペンギンのヒナに尋ねた。

「まだまだコーヒーについては覚えられる気がしないけど、でも何かに行き詰《づま》ったお客さんの話を聞くのは、結構楽しいよ」

茶色くもふもふした見習いは、専用クッションの上で寝ている犬を撫でながら答えた。

「僕にはまだアドバイスとかうまくできないけどさ、やっぱり心が晴れやかになる姿を見るのって、すごくいいね」

「ええ、とてもやりがいがありますよ。悩みから解放されたお客様のお顔が、私にとって何よりの報酬です」

微笑んだマスターの顔を見れば、それが本心であることが伝わってくる。

しかし見習いヒナはどこか呆《あき》れた視線をマスターに向けた。

「そんなこと言っているから、いつも赤字なんだと思う」

「勘違いしていただいては困ります。赤ではないですよ」

「黒でもないけどね」

平然と器具の手入れをするマスターの返しを、見習いは容赦なく切り捨てる。

それでもマスターは動じない。

「よいのです。これが私のやりたいことですので」

「だよね。マスターの志はぶれないもんね」

どことなく羨《うらや》ましそうな見習いが、犬に抱き着くように覆いかぶさった。犬は少し迷惑とでも言いたげな目をしながら顔を上げて、またすぐ寝に戻った。

二杯目　覚悟とハニー・コールド

金曜日の夜、会社を出た鳥越大樹《とりこしだいき》は、ビルの合間を縫って駅へと向かう。

春めいてきたとはいえまだ夜風は冷たく、大樹の頬はすっかりと体温を奪われていった。

赤信号で足を止め、ぼんやりと高層ビルの明かりを見上げてみる。夜空まで伸びているようなビルを見ていると、自分がなんだかとても小さく感じられた。

こんな自分で、本当に大丈夫なんだろうか。

最近ずっと頭から離れない疑問が、また大樹の中に浮かび上がってくる。

青信号になると同時に、一つため息をついて再び歩き出す。駅前に出てそのまま帰ろうかと思ったが、大型書店の看板を見て大樹は立ち止まった。

少し悩んでから店内に入り、フロアガイドを確認してからエスカレーターに乗る。

四階まで上った大樹は吸い寄せられるように教育書コーナーまで足を進めた。そこで育児書の棚を見つけて、何冊か手に取ってみる。

『父親の育児』や『男が育児ですべきこと』などというタイトルの本をパラパラとめくってみては、棚に戻していく。どの本もすでに大樹の中でやろうと決めていることを羅列しているだけのように見えて、なんだかしっくりこないのだ。

わかっている。きっとどんな本を読んでも、変わらないのだろう。


結婚したのは大樹が三十歳になった年で、今から二年前のことだ。

友人の大学の後輩だった妻と知り合って、三年してから入籍した。

出会った頃、とにかく人見知りだった妻は、元々口数も少ないのに二人きりになると途端に無口になってしまっていた。だが、好きな物の話になると饒舌《じょうぜつ》になるところや、たまに見せるはにかんだ表情に惹《ひ》かれて、大樹から交際を申し込んだ。

一度目は「私みたいな無愛想な人間には恐れ多い」と、遠回しに断られたのも今となればよい思い出だ。

一緒に過ごすにつれて、素の彼女でも口数はそれほど多くないこと、よく観察していれば表情が豊かなことがわかってきた。

だが、大事な言葉は口にしてくれるところや、昔から変わらないはにかんだ表情は、何年経っても大樹を癒《いや》してくれている。

ずっと一緒にいるなら彼女しかない、とプロポーズをして結婚が決まり、二人での生活が始まった。大切な誰かと共に過ごすことがこれほど生きる糧になるとは、正直大樹にとって嬉《うれ》しい誤算だった。彼女と出会っていなければ、きっと日々をなんとなく過ごしてなんとなく生きて終わっていたことだろう。

だから、妻から妊娠を告げられた時も、本心から喜んだ。

まだ実感は湧かなかったが、二人の絆《きずな》がより深まったように感じられた。

これまでも半分くらいの家事をこなしていた大樹は、妻の負担が少しでも軽くなるよう更にやるようになっている。つわりが酷《ひど》かったのもあって少しでも食べられるものを用意したり、リラックスできることを一緒に考えたりと、夫婦仲は良好だ。

仕事の都合上、ほとんど検診に同行していないが、帰宅してからエコー写真を見て様子を聞くのは大樹にとっての楽しみの一つになっている。

なのに、いつまで経っても実感が湧かない。

もうすぐ七ヶ月になる妻のお腹は、どんどん大きくなっている。つわりが落ち着いてからは体調も安定して、子どもの性別も判明したので様々な準備を整えている最中だ。

あと数ヶ月で会えると妻とも話しているのに、父親になるという実感が湧かないのだ。

妻のお腹を通して胎動を感じたこともある。

検診について行ってその場でエコーを見せてもらったこともある。

確かにそこに妻と自分の子どもがいると、頭では十分に理解しているはずなのに、自分が父親としてやっていける自信がまるでない。

一度、妻の実家でそんなことを零《こぼ》すと、妻も義母も「大くんなら大丈夫に決まっているよ」と笑ってくれた。

信頼してくれるのはもちろん嬉しいが、時折大丈夫でなくてはいけないというプレッシャーに押しつぶされそうになる。

こんな状態で、本当に子どもをかわいがれるのだろうか。

大事な妻と同じくらい、子どもを大事だと思えるのだろうか。

そもそも、自分のような人間が父親になってよいのだろうか。

色んな考えが大樹の頭の中をぐるぐる回り、考え出すと否定的な言葉しか出てこない。

もしかしたら自分の父親が子どもに無関心だったため、子育てに参加する父親像というものがないせいかもしれない。時代もあっただろうし、兄弟全員不自由なく大学まで出してもらっていることを考えれば父親が悪いとも言い切れないが、彼のようにはなりたくなかった。

他の父親になった人たちも同じように悩んだりするのかそれとなく訊《き》いてみたこともあ

るが、大抵はなるようになると言われてしまい、結局大樹のもやもやは晴れないままだ。

書店を出てから電車に揺られ、最寄り駅で下車する。

今日は必要な買い物がないことをSNSのやり取りで確認し、歩き始めたところで一つ思い出した。

コーヒー豆を買いに行かなくては。

妻は出会った頃からコーヒーが大好きだ。彼女がコーヒーについて語るのを興味津々で聞いたり、一緒にコーヒーを飲み歩いたりしたからこそ、距離を縮められたと言っても過言ではない。おかげで、今では大樹もすっかりコーヒー好きになった。

もちろん妊娠がわかってから妻はカフェインを摂取しないようにしている。家でカフェインレスの豆を挽《ひ》いてたまに飲むが、彼女がコーヒーで何よりも楽しんでいるのは香りだ。だから大樹が横で飲めば、それでかなり満足している。

コーヒー豆によって香りの違いがあるなんて、妻が教えてくれるまでは全く考えたこともなかった。しかし、一緒にコーヒーを楽しんでいるうちに、香りにはかなり違いがあることがわかってきた。

ずっと好きなコーヒー豆があったのだが、妊娠したことで好みが変わったのか、つい先日「もう少しフルーティーな、ちょっと柑橘《かんきつ》っぽいような香りがあったらいいな」と呟《つぶや》いていたのを聞いたのだ。

どうにか今の妻が求めている香りを探し出したいと思ったものの、すでに袋詰めされているコーヒー豆では細かな香りの違いを探すのは非常に難しい。しかし会社から家の間に、コーヒー豆を売っている店は全てチェーン店で、混みあっているのもあっていまだ個別の香りを試すことはできずにいた。

どこかに豆も扱っている個人経営のカフェがあればいいのに——そう思って普段と一本違う道をしばらく歩いた、その時だった。

ふわりと漂ってくる香りに、大樹は思わず足を止めた。芳《こう》ばしく深みのある中に、微《かす》かに柑橘系の香りが鼻腔《びこう》をくすぐる。

濃厚なのにどこか爽《さわ》やかさのあるこれは、まさに探し求めていたものではないかと、大樹は周囲を見回した。

「CAFE PENGUIN?」

少し横道に入ったところに、突き出し看板が目に入った。方向から考えて、この香りの出どころはあのカフェで間違いなさそうだ。

看板にペンギンが描かれているので男ひとりで入るには若干躊躇《ためら》いがあるが、これも妻のためだと大樹は足早に店の前へと向かった。

外壁は深みのある焦げ茶色の板が張られ、同じ木材の扉には小窓がついていた。その小窓から中を軽く覗《のぞ》いてみてもよく見えないが、いかにも女性向けなカフェとは違うようだ。意を決して大樹は少し重たい扉を引き開けた。

冷えた頬を程よく温かい風が撫《な》で、横でカランッと小さく金属音が鳴り響いた。コーヒーの香りが充満した店内には五席くらいのカウンター席と二人用テーブル席が五セットあり、広くはないがせせこましい感じはない。むしろちょうどよい広さで落ち着く空間だった。

何よりも印象的なのは、カウンターの奥にびっしりと並ぶ瓶だ。コーヒー豆が入れられており、ここの店主のこだわりを感じられる。これだけで、入ったかいがあるように思えた。

「いらっしゃいませ」

奥から低くて渋い、そしてよく通る声が聞こえてくる。このカフェの空気によく合った声色に導かれるように、大樹は声のした方へ視線を向けた。

そして、固まった。

カウンターの内側にいるのは、どう見てもペンギンだ。

黒い蝶《ちょう》ネクタイをつけて胸を張る、白黒の存在。丸みを帯びた真っ白なお腹に、取って付けたような小さな羽。

そんなペンギンが動かないまま、焦げ茶色の円《つぶ》らで愛らしい瞳《ひとみ》をこちらへ向けている。

なんでカフェにペンギンが。

本物などいるわけがないのでぬいぐるみか、と考える大樹の前で、首をスッと下へ伸ばしてお辞儀をした。更に頭を戻したあとで、首をブルブルと震わせている。

なら着ぐるみで誰かが中に入っているのかとも考えたが、それにしてはそこらの幼児よりも小柄に見える。恐らく大樹の膝《ひざ》よりも少し高いくらいではないだろうか。

ということは、本物だったりするのだろうか。店名が『CAFE PENGUIN』だし、店長の趣味で飼っていたり、店のマスコットだったりするのかもしれない。

確かにペンギンはかわいらしくも、圧倒的な存在感を放っている。マスコットとしては完璧《かんぺき》だ。

「よろしければ、こちらへお座りください」

困惑する大樹に、ペンギンが話しかけてきた。

ペンギンが、話しかけてきた。

幻聴だとも思ったが、声のした方向と口の動きと周囲に誰もいないことで、そうとしか思えない。

それでも信じられない思いを抱えながら、勧められるままカウンター席に着いた。

「はい、メニュー」

座った途端、横から聞こえてきた声に顔を向けて、大樹は絶句した。

メニューを差し出しているのは多分ペンギンだ。多分というのは、カウンター内にいるものとは明らかに見た目が違うからだ。

一瞬巨大なタワシかと思うような見た目だが、どうやら羽毛は柔らかいらしい。真横のペンギンを包む焦げ茶の羽毛は、僅《わず》かな風にもふわふわと揺れている。

名前は思い出せないが、ニュースで見たなんかのペンギンのヒナがこんな姿だった。

「どうも……」

戸惑いながらも受け取って、呼吸を整えながら大樹はメニューを開いた。そしてすぐにペンギンがいたことなど忘れそうなほど、釘付《くぎづ》けになる。

焙煎《ばいせん》度でしっかりと分けられたドリップコーヒーのメニューは、ざっと見ただけで二十種はありそうなほど充実している。ケニアの豆からブルーマウンテンまであるし、オリジナルブレンドだけで四種もあった。

何件も妻とカフェを回ったことのある大樹だからわかる。ここは、コーヒーにかなり力を入れている店だ。

思わず唾《つば》を飲み込んでからページをめくっていくと、エスプレッソやカフェオレだけでなくアインシュペンナーやシナモンコーヒーなど、とにかくバリエーション豊かだった。それに加えてフルーツジュースやクリームソーダもあり、なんだかこのカフェの受け入れ幅の広さを垣間見《かいまみ》た気にさえなる。

「ペンギンブレンドをお願いします」

顔を上げて注文したところで、不可解な存在をようやく思い出した。

そういえばここにはペンギンが二羽《わ》もいるのだ——しかも、多分人間の言葉を話すペンギンが。どう考えてもおかしいとしか言いようがない。

だが、漂ってくる素晴らしいコーヒーの香りや、種類の豊富さを目の当たりにしていると、なんだかそれでもいいかという気になってくる。

「かしこまりました」

カウンター内のペンギンが頭を下げたあと、背後の瓶の一つを手に取った。落とさないかハラハラしたが、危なげない動きで棚の下の段に瓶を置く。

蓋《ふた》をあの羽で器用に開け、専用のスプーンで掬《すく》ってミルに入れていった。

ミルは電動ではなく、確かダイヤミルと呼ばれる縦回し式の手挽きミルだ。手挽きは大量に挽くには向いていないため、家庭かこういうこぢんまりしたカフェだからこそ見られるもの、とも言えるだろう。

ペンギンがハンドルを回し始めると、ミルがゴリゴリと音を奏で出した。途端、コーヒーの香りがより一層強まり、大樹の鼻腔をくすぐっていく。これぞコーヒーというような芳ばしさと深みがあり、これからの一杯に期待が高まった。

手を止めたペンギンは、慣れた手つきでペーパーフィルターの折りしろを折っていく。ああすることでドリッパーと密着させ、上手にドリップすることができるのだと昔妻が言っていた。

大樹の目の前のカウンターに並べられた陶器製のドリッパーにフィルターをセットし、そこへ挽き終わった粉を入れる。

ステンポットに入っていた温度計を取り出して、ペンギンはドリップを開始した。

ポットだけでなく全身で横に円を描くようにして、湯が注がれていく。細く出された湯をくるりと何周かさせると、一度ポットを置いた。これから少しだけ時間を空けて、粉を蒸らすのだ。

ハンバーグのようにふんわりと粉が膨張し、ドリッパーの下に設置されたガラス製サーバーに少量のコーヒーが落ちていく。

蒸らしが終わってから、ペンギンは再び湯を注ぎ始める。きめ細かい泡が立ち、粉はより一層膨張してドームのように膨れ上がる。これこそ、粉が新鮮な証拠だ。コーヒーがどんどん落ちていくこの瞬間は、なぜだかいつも大樹の心を落ち着かせてくれる。

サーバーに一杯分が落ち切ると、ペンギンはドリッパーを片づけてからカップにコーヒーを注いだ。

「お待たせいたしました」

コトリと音を立てて、カップが大樹の前に置かれる。よく見ればカップには外の看板と同じペンギンのロゴマークが印刷されていた。

「いただきます」

カップを持ち上げると、立ち上がる湯気とともにふわりと心地よい香りが立ち昇った。

一口含んだ途端、僅かな酸味が口内に爽やかに広がる。まろやかかと言っても過言ではないような口当たりの中で酸味が消えたかと思うと、中深煎《ちゅうふかい》りらしいしっかりとした苦味がやってくる。それと同時に、口の中から鼻にカカオにも似た芳ばしい香りが抜けていった。

「美味《おい》しい」

思わず声が漏れる。

もともと中深煎りが好きな大樹にとって、爽やかで後を引かない酸味と程よい苦味は望んでいた味だ。それに加えてダークチョコレートを彷彿《ほうふつ》とさせるような香りは、かなり好みだった。

正直、期待以上の美味しさだ。

「恐れ入ります」

ペンギンが丁寧に頭を下げる。

その首元の蝶ネクタイは、いったいどのようにして体についているのか気になったが、なんにしても彼に似合っている。

「よかったら、クッキーどうぞ」

横からスッと差し出された何かに視線を動かすと、さきほどのヒナがクッキーの載った皿をカウンターに置いた。

ヒナの方には蝶ネクタイがなく、代わりに腰にエプロンが巻かれている。

「えっと……」

「そちらは見習い君の試作品なので、よろしければ召し上がってみてください。私も先ほど試食してとても美味しかったですし、うちのペンギンブレンドによく合うと思いますよ」

　カウンター内のペンギンが柔らかく微笑んだ。実際は目を細めているだけなのかもしれないが、大樹には微笑んでいるように感じられた。

「マスターの言う通り、ペンギンブレンドに合うように作ったから食べて」

「ありがとうございます」

　マスターというのは、コーヒーを淹《い》れてくれたペンギンのことか。あれだけ手慣れた様子でドリップするのだから、彼がマスターというのも納得だ。

　大樹の目がおかしくなければどう見てもペンギンだが、もうこれだけのコーヒーを楽しませてもらえるならいいかなと思えてくる。

「いただきます」

　受け取った皿には、シンプルな市松模様のクッキーが三枚載っていた。

　そのうちの一枚を手にして口に運んでみる。サクッとした噛《か》み応《ごた》えのあとで、バニラとチョコレートの風味が口の中に広がって溶けるようにして消えていった。サクサクしているのに、なぜかまろやかでコクがある。

　すかさずコーヒーを一口飲むと、クッキーの優しい甘味とコーヒーの苦味が見事に調和した。

「とても美味しいです。本当に、このブレンドとよく合います」

「それは良かったです」

「あの、試作品と言っていましたが、よければお土産として買わせていただけませんか？」

こんなに美味しいものは自分だけで味わうのではなく、妻にも食べさせたいと思った。今飲んでいるカフェインレスのコーヒーでも、このクッキーなら合うはずだ。

「お土産、ですか？」

マスターが低くも柔らかい声で尋ねてきて、大樹は頷《うなず》いた。

「はい、家で待っている妻に。あ、無理でしたら別の焼き菓子などでもいいのですが」

「なるほど。見習い君、どうでしょう。まだクッキーは残っていますか？」

一度頷いたマスターは、見習い君に視線を向けた。

「そんなにたくさんじゃないなら、あるよ」

「では、包んで来てください」

「はーい」

陽気な返事をして、見習い君は奥に向かって行く。羽を少し後ろに伸ばしてペンギンのよちよち歩きで進んでいくが、どことなく上機嫌な歩き方にも見えた。

「お客様がお土産にしたいほど美味しいと思ってくださったのが、とても嬉《うれ》しいようですね」

大樹の感覚が正解だとでも言うように、マスターが穏やかに微笑する。

「いやでも、本当にこのブレンドも、クッキーも美味しいですよ。こんな美味しいブレンドにはなかなか出会えないです」

「それはそれは、ありがとうございます」

心からの言葉だと伝わったのか、どこか照れたようにマスターは蝶《ちょう》ネクタイを直してからブルブルッと全身を震わせた。

ペンギンらしからぬ仕草とペンギンらしい仕草が、不整合なようでいてなぜかとても自然に見えるのは、大樹がこの空間に慣れてきたからだろうか。

そんなことを考えながらもこのマスターになら訊《き》けると確信して、大樹は口を開いた。

「あの、実は香りを楽しむためのコーヒーを探しているんです」

切り出したところ、マスターが少しこちらに身を乗り出してから小さく頷いた。興味を持ってもらえたように感じて、大樹は続ける。

「コーヒーが大好きな妻が現在妊娠中で、元々特に香りを楽しんでいたんですけど、最近これまでとは違う香りを試したいみたいなんです。だから求めているような香りの豆がないか探していて……でも、パッケージされてしまっているものだとよくわからなくて、見つけられないんです」

大樹の言葉に、マスターが器用に腕を組んだ。実際には羽を組んでいるのだが、この際腕としていいだろう。

「何か奥様からヒントは貰《もら》っていませんか？」

「ヒントというわけではないですが、普段自分が家で飲む中深煎りの香りを楽しんだ時に『もう少しフルーティーな香りがあったらいいな』と言っていました。でも、コーヒーにフルーティーと言われても、それほど詳しくないのでわからないんです」

「フルーティーですね、少々お待ちいただけますか」

自信のない大樹の声に反して、マスターはどこか得心のいったような顔で奥に下がって行った。

ひとり残された大樹はゆっくりとコーヒーを飲み干してから、改めて店内を見回してみる。

すると、出入り口の扉横で寝ている犬の姿が目に入った。ふかふかとしたクッションの上に半ば埋もれるようにして丸まっている犬は、これまで大樹が存在に気づかなかったほど静かだ。

あれは普通の、普段から見かけるような、喋《しゃべ》らない犬なんだろうか。

「はい、これ奥さんにどうぞ」

なんだか不思議な気分になっていると、横から紙袋がヌッと出てきた。

視線を向けた先には見習いのペンギンが立っている。

「ありがとうございます。お代は、あとで一緒でもいいですか？」

「試作品って言ったでしょ。だから、あげる」

「いや、でも、あんなに美味しいものを無料でもらうわけには……」

素直な気持ちを口にすると、見習いペンギンは一瞬驚いた様子で目を見開き、それから照れたように少し視線を逸《そ》らした。その様子はなんだか素直ではない少年にも見えて、とても微笑ましい。

「じゃあ……奥さんにも感想聞いてきて」

そんなことでいいのかとも思ったが、ここは厚意に甘えることにした。

「わかりました。ありがたくいただきます」

「うん」

見習い君は嬉しそうにはにかんでから、空になったコーヒーカップを下げていく。あの指のない羽で危なげなく運ぶ姿は、ついジッと見つめたくなってしまう。

「お待たせいたしました。よかったら、こちらを試してみてください」

　今度はカウンター内から袋を差し出されて、大樹はそちらへ顔を向けた。マスターの手にあるのは、透明な袋に少量入れられたコーヒー豆だ。

「ゲイシャ、という豆になります」

「ゲイシャ？」

　聞き間違いかと思った大樹に、マスターが頷いた。

「はい。と言っても、日本の芸者とは全くの別物で、本来はゲシャという響きに近かったようです。とても華やかな香りなので、試してみてください」

「ありがとうございます。あの、お代は……」

「あくまでお試しですから、結構ですよ」

「すみません、ありがとうございます」

　恐縮する大樹にマスターが優しく笑って、豆を差し出してくる。

　受け取ってみると、それだけで少しふわりと優しい香りがした。

　両手で袋を持ち、喜んでくれるだろうかと考える。妊娠してから妻はコーヒーを思うように楽しめなくなった。実際に二十四時間休みなくお腹の中で子どもを育てているのは妻で、自分は手助けしかできない。いや、やっているつもりでも手助けになっているのかすら、本当はわからない。

これまで怖くて訊いていないだけだ。

「俺にできることなんて、何もないのかもしれない」

思わず呟《つぶや》いて、ハッと大樹は顔を上げる。

いきなりこんなことを言って変に思われてしまうと焦ったが、視線が合ったマスターは柔らかい目でこちらを見ていた。まるで、話ならいくらでも聞くと言われているかのようだ。

「なんで？」

だが、問いかけてきたのは、いつの間にかマスターの横に移動していた見習い君だった。

「せっかく入店した時よりいい顔になってたのに、戻っちゃったね」

「え……」

心を見透かされているかのような言葉に、大樹は言葉を詰まらせた。

「見習い君、そのような言葉ではお客様も困惑するだけですよ」

「あ、そっか。言葉って難しいなあ」

眉毛《まゆげ》はないが、眉毛を下げて困った顔をしているように見える見習い君を見て、もしかしてと思いながら尋ねてみることにする。

「あの、話を聞いてくれようとしているんですか？」

遠慮がちな大樹の声に、見習い君が背筋をピンと伸ばしてこちらに前のめりになった。

「うん！　もちろん話したければだけど、僕たちでよければ聞くよ！」

さあ来いと言わんばかりに、見習いペンギンは胸の辺りをドンと叩《たた》く。

こんなに熱く歓迎されるのは想定外だったが、だからこそ大樹の心から言葉が溢《あふ》れていくのがわかる。

「先ほども言いましたが妻が妊娠中で、今七ヶ月なんです。あと数ヶ月もしたら、子どもが産まれます。二人とも子どもを望んでいたので、妊娠がわかった時には本当に嬉しかった……」

そこで、視線はカウンターテーブルへと落ちてしまった。

「今でも喜びは消えていませんし、むしろ妻と産まれたあとのことについて話すのは楽しいし幸せです。ですが、どうしても父親になる実感が湧かないんです」

幸せだと思う気持ちと、父親になる覚悟が、どうしても一致しない。このままでは妻と子と支え合っていけないのではないかと、そんなことばかり考えてしまう。

「そうですね。父親というものは、実際に自分の中に子や卵を宿すわけではありませんから、産まれてきてみないとなかなか実感というものは生まれにくいのでしょうね」

しみじみとマスターが口にする。そこには実体験からの深みのようなものが混じっている気さえした。

「なんでもそうですが、実際に目の当たりにしないと、なかなか受け入れる準備は難しいですからね。しかし産まれてきてから毎日向き合っていくことで、次第に実感できていくものではないでしょうか。そしてこういうものは、その時になってみないとわからないことが多いので、今は暗いトンネルにいるように思えて苦しいのかもしれません」

だから大樹が不安に思うのは間違っていない――まるでそう言われているようで、なんだか少し目が潤んだ。

「暗いトンネルかあ。はたから見たらトンネルなんてなくても、本人だけは出口が見えないと思い込むのかもね」

見習いペンギンの一言に、今度は別の意味で心が軽くなるのがわかった。

大樹がどれほど辛《つら》くても、これまで周囲は悩むようなことではないと笑っていた。彼らは大樹を馬鹿にしているわけではなく、ただトンネルが見えないのだ。

別に今回のことに限ったことではない。人の悩みは、誰かにとってはたわいのないことだったり、答えが出ているように見えたりするのは、よくあることだ。

「ありがとうございます。少し、前向きに考えられそうです」

まだまだ、気持ちが晴れたわけではない。それでも誰かに聞いてもらって、そして否定されなかったというだけで、自分自身を否定することを控えられそうな気がした。

「それは何よりです」

マスターが微笑む横で、見習いペンギンも目をキラキラさせて笑っているように見えた。

「コーヒー豆やクッキーも、色々と、ありがとうございます。また、近いうちに寄らせてもらいますね」

「はい、お待ちしております」

帰宅してから妻にコーヒー豆を渡すと、目を輝かせて喜んでくれた。

「どこで買ってきたの？」

尋ねられ、大樹は正直答えに困った。

「初めて入ったお店だけど、実は買ったわけじゃないんだ。フルーティーな香りの豆はないかって訊いたら、お試しでどうぞってくれたんだ」

「え！　優しい」

「うん、すごく良《い》いマスターだったよ」

マスターと店員がペンギンの店などと言っても、信じてはもらえないだろう。大樹だって、店を出たあとに冷静になると、夢ではなかったかと思うほどだ。妻の性格上、大樹が仕事で疲弊しているのでは、と余計な心配をかけてしまうだろう。

だから詳細はぼかして答えることにした。

「じゃあ、このクッキーは？」

「それは試作品らしくて、食べさせて貰ったら美味《おい》しくて……それで、家で一緒に食べたいから買いたいって言ったらくれたんだ」

「そうなんだ」

大樹の言葉に、妻は照れたように微笑んだ。

「この豆、いい香り……」

「探していたのって、こういうのでいいのかな」

「うん、今まで嗅《か》いだことない香りだけどすごく好き。すごいよ、大くん。豆の状態でこうなら、きっともっと香り立つよね」

「じゃあまず挽《ひ》いてみよう」

早速電動ミルで挽いてみると、リビングに香りが充満していく。

ゲイシャという豆は、コーヒーらしい香りは薄めだが、その代わりドライフルーツのような何かの花のような香りが強く、マスターの言っていた通りとても華やかだ。

挽いた粉で一人分のコーヒーを淹《い》れるとまた香りが広がった。

「うーん、すごくフルーティー。黄桃みたいな甘い香りと、柑橘《かんきつ》系みたいな爽《さわ》やかな香りがあって、すごく華やかだね。自分で言っておいてなんだけど、コーヒーでこんな香り本当にあるんだね。嬉《うれ》しい……」

笑顔の妻は香りをたっぷりと楽しんで、それから大樹にカップを渡してきた。妊娠がわかってからは、毎晩のようにこうして香りだけ楽しんでいる。

なんでも小さい頃から彼女の家ではコーヒー豆を挽いて飲む習慣があったそうで、コーヒーの香りはもはや生活の一部のようなものらしい。

「わあ、これもすごく美味しい！　大くんが買いたくなるのわかるなあ。ありがとう」

クッキーを頬張って満足顔の妻に、大樹の頬も無意識に緩んでいく。

出会った頃から口下手だと妻は言っているが、こうしてちょっとしたことで喜んだり、お礼を言ったりしてくれるところは、彼女の変わらぬ良さだ。

だからこそ、彼女と苦楽を分かち合いたい。そのためにもっと父親としての自覚が欲しいと、どうしても思ってしまうのだった。

日曜日、大樹は妻と自治体が行っている両親学級に参加した。

まずは夫婦で育児をすることの重要性について説明されたあと、夫として妊娠してから妻にどんなことをしてあげているかと訊《き》かれたのには参った。

元々家事は共同で、体力勝負なものは進んでやっていたのもあり、特別に何かという意識がなかったのかもしれない。

「足の爪が見えないと言うので、私が切るようになりました」

そう答えたら何組かの夫婦に笑われて、なんだか大樹はいたたまれなくなった。

体中に重りを付けて妊娠疑似体験をした際には初め、意外に動けるな、と思った。

しかしこれを二十四時間、自分よりも筋力も体力もない妻が体験していると考えれば話は別だ。通《どお》りで妻の歩みが遅くなったわけだと、ひとり納得した。

それから、三キロの人形を使って沐浴《もくよく》やオムツ替えの練習をした。

人生で初のオムツ替えは四苦八苦だった。動かない人形でこうなら、いったい本物の赤ん坊ではどうなってしまうのだろう。手順は学べても、自信にはならない気がして、また大樹は落ち込んだ。

「色々難しくて、なんか不安になった……ちゃんとできるかな……」

帰り道に、妻がお腹を押さえながら肩を落とした。

心配性な妻は毎日休むことなくお腹の子を気遣っているのもあり、不安はきっと大樹よりも大きいに違いない。

「きっと実際にやっていけばどうにかなるよ。俺も一緒にやるから、二人で頑張ろう」

「……うん。そうだね、どうにかなるよね。大くん、ありがとう」

自身の不安を隠して大樹が言うと、妻が嬉しそうに笑った。

どうにかなる、なんてまだ思えないが、今それを口にしてもいいことはない。妻だけでなく自分のことも奮い立たせなくてはいけないのだ。

帰宅する前に、家から徒歩で十分程度の妻の実家に立ち寄った。

少し古いが庭も縁側もある、古き良き民家という佇《たたず》まいで、大樹にとっても癒《いや》し空間だ。義母や義父との関係も良好で、近距離に住んでいるのにほどよい距離感を保ってくれることに感謝している。

義父は留守だったので、妻と義母の会話をあまり邪魔しないよう、淹れてもらったコーヒーを手に、いつもの縁側へと向かう。

先客の横にそっと腰を下ろし、息を吐いた。

今日は天気もよく、日差しが縁側に優しく降り注いでいる。

先客、というかここの主《あるじ》である犬も、今日は丸まらずに布団の上で体を伸ばして寝ている。その姿から、ひだまりの気持ちよさが伝わってきた。

「今日はいい天気だなあ……」

犬に話しかけてみるが、耳をピクリと動かしただけで目も開けてくれなかった。

妻が小さい頃から飼っているというこの犬には、嫌われているわけではないが懐かれているわけでもない。

初めのうちは値踏みするようにチラッと見て、近づいてこなかったほどだ。

それでも専用のオヤツを持参したりするうちに、なんとなく認めてくれるようになっていた。

今ではこうして縁側で一緒に過ごすことが多く、大樹にとっては話を聞いてもらう相手でもある。とはいえ、ほとんど反応してくれないのだが。

「この前性別が判明してね、男の子だって。もう、あと三ヶ月で会えるんだ。すごく楽しみだけど、まだ自信も実感もないよ……」

大樹の少し情けない声に、犬はピクリと耳を動かし薄《うっす》らと目を開けた。

聞いていないようで聞いてくれる、そんな姿が大樹は好きだ。

「心配なんだ、ちゃんと父親になれるか。ちゃんと二人を支えていけるか」

優しく犬の頭を撫《な》でてみると、嫌がる素振りは見られない。ただ、もう視線が外された目は閉じられている。

「お前みたいに、皆を守らないとなあ……」

妻が言うにはこの犬は家族であり、用心棒なのだそうだ。今でこそ年老いてほとんど寝てばかりだが、妻を不審者から助けたり、泥棒を追い払ったりと大活躍だったらしい。もちろんそれだけでなく、妻にとっては何でも相談できるよき理解者でもある。今も大樹の話を聞いてくれるように、昔からこの犬は誰かの話をジッと聞いてくれる素振りをするのだと言う。

大樹の言葉に応《こた》えるように、犬は目を閉じたまま一度だけ尻尾《しっぽ》を振った。

月曜日、仕事が終わり家路を辿《たど》っていると、コーヒーの香りに誘われて大樹は足を止めた。

いつの間にか、あの路地に来ていたようだ。

妻があのコーヒー豆を欲しいと言っていたのもあり、大樹は立ち寄ることにした。

扉を開けると、ふわりとコーヒーの安らぐ香りが大樹の体を包み込む。

「いらっしゃいませ」

頭の奥にまで響くようなマスターの声がして、思わず頭を下げてからカウンターに向かった。

そして、その手前で足が止まる。

一番奥のカウンター席に座っているのは、ペンギンだ。

マスターでもない、見習いペンギンでもない、別のペンギンだ。

なぜか大樹と同じようにスーツを着込むそのペンギンは、他の二羽《わ》よりも大きく見えた。

ペンギンに詳しくない大樹だが、見覚えがあるペンギンだ。確かあれは、エンペラーペンギンというのではなかったか。

「あ、いらっしゃい」

まだ二度目だというのにすっかり耳慣れた声に、安堵《あんど》感を覚えながら視線を向ける。そこには茶色くもふもふしたペンギンのヒナがいた。もちろん、腰にカフェエプロンを巻いている。

「どうも。先日はクッキーありがとうございました」

「どうだった？　奥さん食べられた？」

そう言う見習いペンギンの顔には、少し不安がにじみ出ていた。どう見てもペンギンなのに、なぜここのペンギンたちはこんなに表情豊かなのだろうか。

「はい、すごく美味しいと感動していました」

「よかった！」

上を向いて小さな両羽を羽ばたかせるようにして上下に振り、今にも飛び上がりそうなくらいに喜ぶ見習い君は、本当に可愛い。動物のヒナや赤ちゃんというものは無条件で可愛いと思うが、そこに無邪気さによる動作が加わるとこんなにも愛らしいのか。

これだけ喜んでいる姿を見ると、彼がお菓子作りに真剣に取り組んでいるのが伝わってくるかのようだ。

「はい、メニュー」

「ありがとうございます」

またペンギンブレンドにしようかと思ったが、今日は春の陽気でかなり暖かく、クールビズでもないこの時期だと軽く汗ばんだくらいだ。

「アイスコーヒーをお願いします」

「かしこまりました」

マスターがスッと頭を下げてから、後ろの棚のコーヒー豆の瓶を手に取った。

ミルにコーヒー豆をカラカラと入れ、ゆっくりとハンドルを回し出す。静かな店内に、ガリガリとリズミカルな音が響いていく。

次第にコーヒーの香りが強まってきたと思ったあたりで、マスターの手が止まった。

「そうだ、マスター。先日は、ゲイシャ豆をありがとうございました。妻が嗅《か》ぎたかった香りがまさにあれだったそうで、すごく喜んでいました」

「それは何よりです」

ニコリと笑いながらマスターは先日のように慣れた手つきでペーパーフィルターの折りしろを折り、カウンターに並べられたドリッパーにフィルターをセットする。

二度目でも、ペンギンがやっているとは思えないほど、手慣れている。

「本当に普段のコーヒーとはまるで違う華やかな香りで、驚きました」

ステンポットを手に取り、マスターが全身で円を描くようにしてドリップを開始した。

「ええ、とても個性的なので私も初めて嗅いだ時は本当に驚いたものです。あれはエチオピア原産の栽培品種で、限られた地域でしか栽培されていないのですよ」

「そうなんですね。妻が香りを楽しんだ後に俺が飲んだんですけど、知らずに飲めばコーヒーだと思わなかったかもしれません。すごく美味《おい》しかったですけど、なんだか本当に、不思議な味でした」

粉が膨張し、ドリッパーの下に少量のコーヒーが落ちていく。

マスターが一度ポットを置いてから、静かに頷《うなず》いた。

「ええ。人によっては、コーヒーというより紅茶のようにも思える、とも言うくらいですからね」

「紅茶……確かに、あの甘味と香りは紅茶の方が近い気もしますね。俺は正直、中深煎《ちゅうふかい》りの方が、しっかり苦味を感じられて好きですが」

「コーヒーらしさを求める方には、物足りないかもしれませんね」

蒸らしが終わってから、マスターが再び湯を注ぎ始めた。サーバーに十分な量ができあがると、それをたっぷり氷の入ったグラスに入れていく。パキパキと氷が音を立てながら、コーヒーが満たされた。

「お待たせいたしました」

コースターをサッとカウンターに置き、その上に少し丸みのあるグラスが置かれた。深みのある香りが大樹の鼻先を撫でていく。

「いただきます」

真っ黒にも見えるコーヒーの中にストローを挿し、一口吸い込んだ。

程よい酸味と苦味を感じたあとに、鼻に芳《こう》ばしいコーヒーらしい香りが一気に抜けていく。キレがよく、あとには爽《さわ》やかな苦味が残った。ホットで飲むコーヒーよりも、味がはっきりしているように感じられるのは冷たさからだろうか。

先日のブレンドといい、相変わらずバランスの取れたコーヒーを出してくれる店だ。

「美味しい……」

知らないうちに言葉が零《こぼ》れた。

「恐れ入ります」

マスターが一度頭を下げてから、蝶《ちょう》ネクタイをサッと直す。表情がどことなく照れているようにも見えた。

そこからは無言でゆっくり味わいながら大半を飲んだ大樹は、大きく息を吐く。

美味しいものを味わってホッとする気持ちが高まるにつれ、自分の中にずっとくすぶっている靄《もや》が固まりになって迫ってくるような感覚に襲われた。まるでもう一人の自分に、安堵している場合ではないと叱責《しっせき》されているようだ。

「なんだい、マスターのコーヒーでも癒しが足りないのか？」

突然声をかけられて、大樹は驚きながら顔を上げた。

この店内にいるのは大樹以外だと三羽のペンギンだけだ。聞いたことのない声であることを考えれば、今話したのはカウンターに座るエンペラーペンギンだろう。

「あ……すみません、暗い空気にしていますね」

陰気臭いと言われたのかと思い、大樹は頭を下げる。

すると、エンペラーペンギンはいやいやと羽を振った。

「責めたいわけじゃないさ。カフェってのはリラックスできる場所だ。悩みを抱えていても、気分転換をするキッカケになる場所なんじゃないかと、私は考えている。まあ、マスターがそう思わせてくれたんだけどな」

エンペラーペンギンの声は、どこまでも温かい。

「だから、そんなに悩んでいるなら、少し話していったらどうだ？　もしかしてもうマスターには話したかもしれないが、見ず知らずの相手に話してみるのも悪くないかもしれないぞ」

「ああ、そうだね。特に今回は、エンさんは話す相手として適任かもよ！」

いつの間にかカウンター内に入っていた見習いペンギンが、名案だとばかりにウンウン頷く。

「適任……？」

「見習い君もこう言っていることだし、ここで会ったのも何かの縁だ。君さえよければ私にも聞かせてくれないか。私は皆からエンと呼ばれているものだ」

首を傾げる大樹に、エンペラーペンギンは優しさに満ちた視線を向ける。

「鳥越です……でも……」

今は客が少ないとはいえ、この場を私物化するようで気が引けた大樹の視線が泳ぎ、マスターと目が合った。

「私も、エンさんは適任だと思います。お客様さえよろしければお話しになってみると、よいのではないでしょうか」

まるで全身を震わせるような穏やかな声に、思わず首を縦に振ってしまう。三羽がここまで言ってくれるのなら、甘えてみようかと思い始めてきた。

「あの、実は今妻が妊娠中でして……あと三ヶ月くらいで予定日なんです」

「おお、それはおめでたいな」

エンが本心から嬉《うれ》しそうに目を細める。

「ありがとうございます。妻も俺も子どもを望んでいたので、ずっと楽しみにしているんです。ですが……」

大樹は無意識に視線を落としてしまい、それから言葉が出てこなくなった。

楽しみに思う気持ちは、妊娠がわかった当初から変わっていない。週数が重なっていく度、もうすぐ会えるんだという期待はちゃんと膨らんでいる。

だが同時に、酷《ひど》く不安にもなる。

「なるほど……親になる覚悟や実感が持てない、そんなところか」

エンが納得したように呟《つぶや》いた言葉に、大樹はゆっくり視線を上げた。

「なんで、という顔をしているな。しかし、経験者であれば想像はつくさ」

視線が合わさって、ウインクをされる。

「なるほどな、通《どお》りでマスターや見習い君が適任と言うわけだ。何せ、俺も以前同じように悩んで、ここでマスターに相談したことがあるくらいだ」

「え！」

予期していなかった一言を聞いて、思わず大樹の口から驚きの声が漏れた。

「それでマスターに『父親は実際に卵を宿さないから、産まれないと実感は生まれにくいのでは』なんて言われたっけ」

「あ、それ、俺も言われました」

大樹が言うと、エンがにやりと笑ってカウンター内のマスターへ視線を向ける。

「変わってないんだな、マスター」

「真理であるなら、変える必要はありませんから」

声色は落ち着いていたが、これまで何か作業していたマスターはどこか余裕なく両羽をパタパタと振り、頭から尻尾《しっぽ》の先までブルブルと震わせていく。

「まあな、確かにマスターの言った通りだったしな」

フッと笑ってから、エンは手元のコーヒーを一口飲んだ。

「じゃあ、エンさんは卵が産まれてから、実感が湧いたんですか？」

「いや、卵では湧かなかった」

即否定されて戸惑う大樹に、エンが優しく目を細めた。

「もちろん、卵が産まれてからは必死に温めたさ。だが、実感が湧いてきたのは、ヒナが孵《かえ》ってしばらくしてからだ」

鳥の場合、卵を目の当たりにするのは、妻の妊娠が判明するのと同じくらいのことなのだろうか、とぼんやり大樹は考えた。

「だがな、鳥越君。本当に大事なのは実感が湧く、湧かない、なんてことではないんじゃないか？」

「それは、そうかもしれないですが……」

しかし実感が湧かない不安を抱えたまま過ごしたくないと、どうしても考えてしまう。あくまでも自分の気持ちの問題でしかないのに、そんな考えが消えてくれないのだ。

言葉を詰まらせる大樹の目の前に、スッとお盆が置かれた。

そこには氷のたっぷり入ったグラスと、コーヒーの入ったピッチャー、そしてミルクピッチャーが載っている。

「どうぞ、ハニー・コールドになります」

「ハニー・コールド？」

初めて聞く名前に訊《き》き返すと、マスターがニコリと笑った。

「蜂蜜《はちみつ》とコーヒーの個性が溶けあった、豊かな味のアイスコーヒーです」

ハニーというからには、もちろん蜂蜜が使われているのだろう。だが目の前のコーヒーは真っ黒で、蜂蜜の存在を全く感じられない。

「こちらはサービスですので、よろしければどうぞ。甘過ぎず、苦過ぎず、ミルクを入れなくても口当たりがまろやかで、私としてはお薦めできる一杯ですよ。蜂蜜はすでに溶けておりますので、グラスに注いでお召し上がりください」

「え、でも……」

「鳥越君せっかくなんだ、氷が溶けてしまう前にいただくといい」

エンにも言われて、大樹はもう一度マスターを見た。

どうぞ、と言わんばかりにマスターが頷《うなず》く。

「じゃあ、いただきます」

まだ温かいコーヒーをグラスに注ぐと、パキパキと氷が音を立てていく。全てのコーヒーを入れてから、ストローでまずは少量を吸い上げた。

すぐにコーヒーらしい香りと共に、確かな苦味とコクが口の中に染み渡り、そして優しい甘味がまるでそれを包むようにして広がっていく。だが、広がったかと思うとサッと消えて、口の中はすっきりとした心地よさだけが残った。

むしろ、くどさのない甘さの後には少し苦味が残るくらいで、それがとにかくコーヒーらしくていい。

「美味《おい》しい……」

知らないうちに口に出ていた。

「本当に、コーヒーと蜂蜜のそれぞれの良さが溶けあっていますね。確かな甘さがあるのに、くどさがなくて後に引かない。むしろ最後は少しだけ苦味が残っているくらいです」

「それは何よりです。どこかホッとする味でしょう？」

「はい。優しい甘さが、すごく心地よいです」

大樹の言葉に、マスターが満足そうに目を細めた。

普段からコーヒーはブラックでしか飲まない大樹にとって、もしカフェオレを出されていたらこんなに素直に飲めなかったかもしれない。もしかしてマスターは、たった二度の来店でそんな大樹の好みを把握していたのだろうか。

「これは中深煎《ちゅうふかい》りの豆を使うんですか？」

「いえ、深煎りになります」

「なるほど……このコクは深煎りから来るんですか」

しみじみと口にする大樹に、マスターが深々と頷いた。

「お客様は、コーヒーがお好きなのですね」

「妻の影響で飲むようになっただけなので、そんなに知識はないんですけど」

「知識などなくても、コーヒーは十分に楽しめますから。特別な作法などがなく、気軽に楽しめるというのは、コーヒーの良さだと思います」

言われてみれば、そうかもしれない。

コーヒーを楽しむ時には、堅苦しいルールなんて考えたことがなかった。ただよい香りと好みの味を求めていただけだ。

「コーヒー豆というのは不思議なもので、焙煎《ばいせん》度によって引き出せる風味が変わってきます。簡単に言うと浅煎りでは酸味が引き出され、深煎りになれば苦味を引き出せますが、豆に合う風味を引き出すためには初めは手探りからの挑戦です。何度も焙煎に挑戦して結果を出したあとで、今度は引き出せた風味をペーパードリップ以外でも、活《い》かせる淹《い》れ方を考えることもあります。最終的に最高の提供方法を見つけられたら、この上ない達成感を得られるのです」

しみじみとマスターが語る。

コーヒー豆の焙煎度は主に八つ、大まかに言えば四つに分けられる。浅煎り、中煎り、中深煎り、そして深煎りだ。

もちろん飲む側の好みもあるが、その豆に合う焙煎度を見つけることが重要なのだと、以前妻からも聞いたことがある。

「子育てというのも、最初は誰でも手探りなのではないでしょうか。産まれた子の顔を見て接していくうちに実感や子育ての覚悟は生まれ、よりよい接し方がわかってくるのかもしれませんよ」

「手探り……」

反芻《はんすう》する大樹の横で、エンがポンとカウンターを叩《たた》く。

「そうだ、それだよ。私の言いたかったのは。まだ産まれていない今不安に思うのは仕方がないが、だからと言って今すべてを決めつける必要はないだろ？」

今すべてを決めつける必要はない——産まれてから実感が湧いたっておかしくないと言われたようで、心が軽くなっていくのがわかる。

「おや、私の言葉に乗っかってくれるのですね」

にこやかにマスターが言うと、今度はエンがそっぽを向いた。

「なんだよ。私はさっきもマスターの言葉を否定したりしていないぞ」

「私も否定はしていませんよ」

二羽《わ》は言い合ってから視線を合わせ、そして表情を緩めた。

長年の信頼関係を垣間見《かいまみ》た気がして大樹の頬も緩んでしまう。と同時に、なぜだかとても眠くなってきた。

疲れているのか、それともホッとしたからか。

どちらにしてもここで寝るわけにはいかないと、必死で眠気を追い払おうとする。

「だいたいマスターはそんなこと言ってるけど、子……」

「エンさん、それは言わない約束では」

「お、おう」

「え！　何？　どういうこと？」

なんだか気になる会話が進んでいるのにどうしても抗《あらが》えず、大樹はとうとう瞼《まぶた》を閉じた。

目を覚ますと、周囲はエンペラーペンギンだらけだった。

しかも皆が皆、服を着ている。ダウンジャケットのような防寒着を着込んでおり、丸みを帯びた体が更に真ん丸に見えた。

しかし、確かに防寒着が必要なほど、周囲は吹雪《ふぶ》いている。視界が真っ白というほどではないものの、顔には雪と風が容赦なく吹きつけてきていた。

色々とおかしな光景だが、ふとエンを思い出す。彼もスーツを着こなしていたし、きっと彼の世界に迷い込んだのだろうとぼんやり思った。

吹雪で遠くまで見えないが、どこまでも続いているような白い世界は、氷と雪で覆われているようだ。もしかすると、大樹の知っている南極と近いのかもしれない。

大樹もスーツだったはずなのにあまり寒くないと思い、自分の腕を確認してみる。すると、ダウンジジャケットの裾《すそ》から出ているのは、手ではなく羽だった。なぜダウンジャケットを着ているのかという疑問も湧くが、それよりも手ではないことに驚いた。

慌てて全身を確認したところ、まず履いている靴の形がおかしい。見慣れた人間用の靴からほど遠いそれは、ペンギンの足型には合っていそうだ。

そして先ほどから視界の中央に常について回る、黒い棒のようなもの――これはもしかして、クチバシだろうか。

そこで改めて周囲を見回した。

エンペラーペンギンだらけだが、誰もが大樹と大きさはそう変わらない。

これはつまり、どういうわけだか知らないが、大樹はペンギンになってしまっていると考えた方がよさそうだ。

「どうした、キョロキョロして。なんか探し物か？」

困惑している大樹に向かって話しかけてきたのは、一羽の雄ペンギンだ。よく見れば足の上にはヒナが乗っかっている。黒い頭に目の周りが灰色のあの顔は、まさによくテレビなどで見るエンペラーペンギンのヒナだ。

「あ、いえ……ちょっと散歩に来ていて……」

慌てて答えると、雄ペンギンは楽しそうに笑った。

「こんな寒くて辺鄙《へんぴ》なところに来るなんて、物好きだな」

「そうですよね……なんか寒さが恋しくなってしまって」

大樹も笑って答えながら、足の上のヒナに視線を向けた。まだ小さく、父親ペンギンのだぶついたお腹の皮の下からなんとか顔だけ出している。大きさから考えても、産まれてから日はさほど経っていないように見えた。

「かわいいですね」

「お、うちの息子のことか？　そうだろう、かわいいだろう？」

雄ペンギンがかわいくて仕方がないとばかりに、頬を緩ませた。

「でも、子育ては大変なんですよね？　確か、何ヶ月も断食すると聞きましたが……」

ドキュメンタリー番組などで、エンペラーペンギンの子育ての過酷さは見たことがある。極寒の南極大陸で何ヶ月も断食しながら子育てなど、人間の感覚で言えば考えられないほど厳しい育児だ。

「そうだなあ。大変というか、文字通り死ぬ気で取りかからないと死ぬな」

「そ、そうですよね」

「俺も今、断食四ヶ月目に突入した」

誇らしげな顔で雄ペンギンは胸を張る。

「よ、四ヶ月……でも、ヒナが孵《かえ》ってしまっていますよね。お子さんの食べ物はどうしているんですか？」

大樹の質問に、雄ペンギンはふと何かを悟ったような顔になった。まるで菩薩《ぼさつ》か何かにも見えてくるほどだ。

「ペンギンミルクって知ってるか？」

「ペンギン、ミルク？」

ペンギンはミルクを出せるのだったか。

いや、哺乳類《ほにゅうるい》は母乳が出るから哺乳類というのであって、ペンギンは鳥だ。鳥はミルクが出ないはずだが、ならペンギンミルクとはいったいなんだろうか。

「俺たちはな、子のために食道からなけなしの栄養を絞り出すんだよ。それを、ペンギンミルクという」

「え……だって、断食しているのに……」

「そうだ。俺だってふらふらだ。体重も驚くほど減っているはずだ。だが、子どものためなら当然だろ？　それに、もうすぐ妻が帰ってくるからな」

苦しいが、誇らしい――そんな表情で、雄ペンギンは慈愛に満ちた目を足元のヒナに向けた。

人間が四ヶ月も断食をしたら、間違いなく命を落とすだろう。その上、命を削るようにしてヒナに栄養をあげるなど、過酷などという言葉ではとても片づけられない。

「偉いですね……」

自然と口から漏れた言葉に、雄ペンギンが大きく首を振った。

「偉い、偉くない、じゃないんだ。今やるべきこと、できることをやっているだけだ」

周囲から褒められるためではないと言わんばかりの雄ペンギンは、げっそりしていてもどこか輝いているように見える。

自分もこうなりたい。

自分を誇らしく思えるくらい、覚悟を持って子に向き合いたい。

そう考えて、大樹は訊《き》いてみることにした。

「あの……卵を抱いている時、親になる覚悟とか、親になった実感はありましたか？」

突飛な質問だったのか、雄ペンギンは目を丸くした。

だが、すぐに大樹の内心を悟ったのか、にやっと笑って見せる。

「そんなもの、今もないかもしれないな」

「えっ……」

動揺する大樹の肩に、雄ペンギンの羽がそっと触れた。

「目の前に卵があれば抱卵するし、ヒナが孵れば温めて栄養を与える。それはもう、ごくごく自然なことだ。覚悟や実感があろうがなかろうが、とにかくやるしかないんだよ」

言われていることは納得できる。

そうしなければ目の前の命の火は消えてしまうだろう。

なら命を繋《つな》ぐために全力を尽くす、そういうことなのだろう。

「それにな、大事な妻との子だ。大事にする以外ないだろ？　ちゃんと大事にしていれば、そのうち実感も覚悟も付いてくるさ」

「大事な……妻との……」

その一言が、大樹の胸にストンと落ちてくる。

実感や覚悟がなくては育児ができないわけではない。

まずは行動すること、そして想うこと。

そうしていくうちに生まれてくるものもあるのだろう。

何せ大切な妻が産んでくれる、大切な我が子なのだ。

大樹の心が晴れたのを見計らったように、目の前は次第に白さを増していった。

気がつくと、コーヒー豆とお菓子の入った袋を抱えて立っていた。

慌てて周囲を見回してみれば、もうすぐ家の前というよく見知った場所だ。

袋を抱える腕も手も間違いなく大樹のもので、なんだか懐かしさを覚えた。

いつの間にかカフェを出てきたようだが、全く記憶がない。

いや、それよりも先ほどまで見ていたあれはなんだったのだろうか。

「夢……？」

それにしては、不思議と全てが現実的だった。

動物になるなどあり得ないはずなのに、あの吹雪が頬を打ち付けてくる感覚も、クチバシが視界の真ん中にある感覚も、今でもしっかり思い出せるほどだ。

その場でゆっくり深呼吸をしてみると、手にしている袋から華やかなコーヒーの香りが漂ってきて、心が落ち着いていく。

あれが夢だとしても、聞いた言葉は大樹にとって真理だと思えた。

仮に自分の中で作り上げた言葉でも、よいではないか。

妻のことが大切なのは事実だ。

その妻との子どもなら、間違いなく大事な存在だ。

きっと今は、それだけでいい。

実感だ、覚悟だ、などに振り回される必要なんてない。

今の時点で完璧《かんぺき》にならなくたっていい。

産まれてから、子の成長と共に自分の覚悟や実感を育《はぐく》んでいけばいいのだ。

考えていくと、体がスッと軽くなっていく。

背筋を伸ばして、大樹は家に向かって足を踏み出した。


客のいなくなったCAFE　PENGUINで、マスターと見習いのヒナペンギンが閉店後の掃除をしていた。

「鳥越さん、大丈夫かな」

箒《ほうき》を片づけ終わったキングペンギンのヒナが心配そうに呟《つぶや》いた。

「大丈夫でしょう。明日《あした》からの彼は、これからのことをもっと前向きに捉《とら》えられるはずですよ」

「そっか、よかった」

カウンター内を布巾《ふきん》で拭《ふ》き上げていくマスターの穏やかな声に、見習いはホッとしたように息を吐いた。

「でも、鳥越さんもう来ないのかあ……残念だなあ」

「このカフェは迷えるものが行きつくカフェですからね。今の彼なら、しばらくの間は迷い込むこともないでしょう」

「え！　しばらくの間ってことは、もしかしたらまた来てくれるかもってこと？」

扉の前まで移動していた見習いが、ピョンと跳ね上がる。

「生きていく上で、悩みが一つで終わることはなかなか稀《まれ》でしょうし、可能性はありますよ。もしかしたら、今度は子連れで来るかもしれません」

「子連れ！　いいね！」

再びピョンピョン跳ねてから、見習いは扉の横で寝ている犬をそっと撫《な》でた。

「またぜひ、来て欲しいなあ」

「ここへ来るということは大抵、自分だけではどうしようもない悩みを抱えるということですからね……」

犬の横に座り込んだ見習いの言葉に、マスターはなんとも言えない表情で苦笑いをする。

「たとえばコーヒー豆を家で焙煎《ばいせん》しようかしないか、でも立派な悩みだよ」

「それなら、大歓迎ですね」

「でしょ」

「ただ、家で試すとなると、コンロの周りに薄皮が飛び散ってすごいことになりますが」

「うーん……家庭内で問題になりそうだね」

困ったように見習いが腕を組み唸《うな》ると、マスターが穏やかに笑った。

三杯目　朝の憂鬱とカプチーノ

「はあ……学校、行きたくないな……」

有本《ありもと》菜緒《なお》は、家を出てから初めの曲がり角で足を止めた。

まだ六時半を過ぎたばかりで、徒歩十分の中学校に登校するには部活の朝練でもない限り早すぎる時間だ。

でも、菜緒にとってはこれくらいがちょうどいい。

というより、何度も足を止めては現実逃避をし、再び現実に戻っては勇気を振り絞る、を繰り返していると、いつも学校に到着するのは八時近くになってしまう。

今日は足を止める一回目までの、最短記録かもしれない。

この春中学二年生になった菜緒は、新しいクラスに馴染《なじ》めないでいる。

一年生の時は小学校からの友達が一人いてくれたおかげで、穏やかな学校生活が送れていた。

しかし進級によるクラス替えは、菜緒にとって絶望しかなかった。

ただでさえ二人しかいない友達は全員別のクラス、図書委員で少し話せる同学年の子も別のクラス。

二年生が始まってもう二週間、菜緒はクラスでまともに誰とも話せていない。

他の女子と比べれば背が高く目立つ存在のせいか、初めは色んな子が話しかけてくれた。当り障りなく「去年何組だった？」「背、高いね」「かっこいいね」なんて感じで、会話を広げようとしてくれたのだ。

引っ込み思案な菜緒は、それを上手《うま》く返せなかった。「う……うん」と返事したあと、とにかく会話が続かない。中には何度も挑戦してくれた子もいたのに、その子たちももう挨拶《あいさつ》くらいしかしてくれないようになった。

「菜緒は目つきが鋭いから、柔らかく話した方がいい」

そう母にも言われたし、鏡を見て自分の目つきの悪さは十分に理解している。だから中学に上がる前には笑顔の練習もたくさんしたし、柔らかく話すことも心掛けた。

おかげで小学校からの友達は「話しやすくなった」と言ってくれたが、新たな友達を作ることはできなかった。

新しく知り合った人と、どうしても会話を続けられない。

何を話せばいいのかわからなくなって、頭で色んな話題を考えては却下しているうちに沈黙してしまう。

そして相手は菜緒の表情のせいで怒っていると勘違いし、怖い人という印象を持たれてしまうのだ。

「菜緒ちゃんは不器用なだけなのにね」

小学校からの友達は二人とも穏やかな性格で、菜緒が怖い顔をしていてもほんわりと笑ってくれる。

それに甘えていたせいだろうか、二年生になってからは知らない人とのコミュニケーション能力が更になくなった気さえしていた。

全部、自分のせい。

わかっている。

だけどもう、頑張れる気がしない。

そんな菜緒の癒《いや》しは夜に小学校からの友達と送り合うメールと、最近飼い始めた柴犬《しばいぬ》のコテツだ。

友達二人とメールをやり取りしているだけで、自分はひとりではないのだと思える。と同時に、二人は新しい友達を作れているようで焦ってしまうことも多い。時には新しい友達の話をされて、嫉妬《しっと》してしまうことだってある。

もちろん友達にそんなことは言わないし、たまに週末遊ぶ時だって態度に出さない。ただひとりになると途端に寂しくなってしまう。

そんな時にはいつもコテッと戯れることにしている。

まだ五ヶ月になったばかりのコテッは遊び盛りだが、それに付き合っていると余計なことを考えなくて済む。

おかげで夕方の散歩は菜緒の日課になりつつあった。

それに、菜緒が悩み相談をすると、不思議とコテッはジッと聞いてくれるのだ。首を少し傾げるようにしてこちらを見上げながら、大人しくしてくれる。その姿がまるで真剣に話を聞いてくれているようで、すごく気が楽になる。

「頑張って行ってくるね」

毎朝家を出る前に声をかけると、彼は尻尾《しっぽ》をブンブンと振って玄関まで見送ってくれる。

今朝ももちろんそうだ。

だから、中学校へ向かう通学路の途中、帰りたくなる気持ちをなんとか振り払って、一歩でも学校へ向けて足を進められる。菜緒は唇をキュッと結んで、また一歩を踏み出した。一下を見ないように意識して、まっすぐのびる住宅と住宅の間の道を見つめる。まだまだゴールの見えない道のりに、菜緒の心は沈んでいくばかりだ。

いったいいつになれば、こんなに時間をかけなくても学校へ行けるようになるのだろう。

このままじゃきっと、ずっと友達はできない。

なら、友達のいないクラスに慣れて、それを嫌だと思わなければいい。

いつも本を読んで過ごして、息をひそめて過ごせばいい。

家に帰れば家族が、コテツがいる。

だから学校でひとりでもきっと大丈夫。

頭では具体的な解決方法を考えてみるものの、そこまで強い気持ちは持てなかった。

また足が止まりそうになった、その時だった。

ふわりと芳《こう》ばしい香りが菜緒の鼻腔をくすぐっていく。

「コーヒー？」

思わず立ち止まり、周囲をキョロキョロ見回してみる。

同居している祖父がかなりのコーヒー好きなこともあり、有本家に染みついた香りと言っても過言ではない。だからここまで香りをさせる家が他にもあるのかと、ついつい探したくなってしまったのだ。

「もしかして……お店から……？」

路地の奥に『CAFE PENGUIN』と書かれた看板を見つけた菜緒は、小さく呟《つぶや》いた。

壁に取り付けられた看板はペンギンを模《かたど》っていて、とてもかわいい。そのせいでなんだか目を離せなくなって、気がつけば路地へと足を踏み入れていた。

こんな朝早くからやっているのだろうか。

店の前までやってくると、焦げ茶色の外壁と小窓の付いた扉、そして観葉植物が菜緒を出迎えた。扉の横の大きな窓にはカフェカーテンがかけられ、全体的に看板のかわいさを裏切らない雰囲気だ。

『OPEN』と書かれた小さな板が扉にかけられているところを見ると、どうやら営業中らしい。

中が気になって、失礼だとは思いつつも小窓から覗《のぞ》いてみる。しかし店内があまり明るくないからか、よく見えなかった。

扉の取っ手に視線を移しつつも、菜緒は手を動かすことができないでいる。

中学生が制服で、こんな早朝に入るようなお店ではない。学校の関係者に見られたら、きっと厳重注意をされるだろう。

とても気になるが、やはり放課後に着替えてから来るべきだ。

そう結論付けて菜緒が踵《きびす》を返した瞬間――カランッとかわいい音が耳に入った。

「……ペンギン？」

反射的に振り返った菜緒の目に入ってきたのは、一羽《わ》のペンギンだ。

扉の隙間からこちらを見上げている、茶色いもふもふした鳥は、キングペンギンのヒナではなかっただろうか。以前訪れた水族館で、ヒナという割にかなり大きかったので印象に残っている。

首を傾げる菜緒を招き入れるように、ペンギンが更に扉を開けた。

「は、入っても……いい、の？」

ペンギンに訊《き》いたってわかるわけないと思いつつも尋ねてしまう。

すると、キングペンギンのヒナは深々と頷《うなず》いた。

言葉が通じているなんて考えたわけではないが、なんだかここで帰るのも失礼な気がしてきて、菜緒はそのままカフェに足を踏み入れた。

途端、全身をコーヒーの香りが包み込んでいく。

家よりももっと濃厚な、でも不快さのない芳ばしさに、ついつい深呼吸をしてしまった。

その時、視界の隅で何か黒いものが動いたような気がして、そちらに視線を向ける。扉のすぐ横の床に置かれた大きなクッションの上に、黒い犬が丸まっていた。

「犬……」

コテツと比べて大きいので、もう成犬なのだろう。

耳の形がなんだかコテツを彷彿《ほうふつ》とさせて撫《な》でたくなったが、寝ているところにいきなり手を出すわけにはいかない。

「いらっしゃいませ」

手を握って堪《こら》えているところへ、とても心地よく響く低い男性の声がして、菜緒は声の主を探した。

そして、見つけたのはペンギンだった。

今度のペンギンはヒナではない。

それどころか、菜緒が見たことのないペンギンだった。

頭とおでこ辺りは黒いが、目の周辺はお腹と一緒で真っ白だ。そして、顎《あご》の下あたりに黒い線が一本綺麗《きれい》に入っていた。

カウンター内に立っているペンギンは、黒い線の下に黒い蝶《ちょう》ネクタイをつけている。

「どうぞこちらへ」

蝶ネクタイをしたペンギンが、羽でカウンター席を指し示す。

と、そこで気がついた。

今、ペンギンが喋《しゃべ》っていなかっただろうか。

あの低い、頭の奥にまで届きそうなほどよく通る声は、ペンギンのものではなかっただろうか。

困惑したまま、菜緒は勧められた席へと座った。

カウンター席に座った経験があまりないため、なんだか少し緊張する。しかし、木製の椅子は体の形に合わせて作られているのか、妙なフィット感があって心地よかった。

そこでようやく心に余裕が生まれて、菜緒は店内を見回してみる。

落ち着いた照明の店内には五席のカウンター席と、テーブル席がいくつかあるだけで、こぢんまりしていた。早朝のせいか、菜緒の他にお客はいないようだ。

そしてカウンター内の棚にはコーヒー豆の入った瓶がびっしりと並んでいた。祖父の影響で少しはコーヒーのことは知っているつもりだったが、菜緒がこれまで想像していたよりずっと種類が多い。

「はい、メニュー」

まだ声変わりしていない少年のような声がして、菜緒は振り返ってから息を止めた。

だって、先ほどのキングペンギンのヒナがメニューを差し出しているのだ。

ということは今の声はキングペンギンのヒナのもので、先ほどまでのあの低い声はカウンター内にいるペンギンのもの、ということだろうか。

まさか、いつの間にか異世界に迷い込んでしまったのだろうか。

そんなファンタジーな考えが頭に浮かんだが、それならペンギンが喋ってもおかしくないと納得できる。

「あ、あり、がと……ござ……ます……」

掠《かす》れた声で言いながらメニューを受け取ると、キングペンギンのヒナはニコリと笑った。

クチバシだから口角が上がるなんてことはないのに、笑ったように感じられた。

「うち、モーニングもやってるから」

それだけ言って、ヒナはよちよちと歩いて去っていく。

ペタペタと音が出そうな足取りの後ろ姿はとてもかわいくて、ついつい見入ってしまいそうになる。

ペンギンが話す世界は、どんなところなのだろう。

人間はいるのかな。

ペンギン以外にも動物はいるのかな。

コテツと一緒に来たら、コテツも話してくれるのかな。

様々な考えが菜緒の頭の中を駆け巡っていく。

そうだ、お店に入っちゃったんだから、まずはちゃんと注文しないと。

カウンター内のペンギンにキングペンギンのヒナと、気になることはあるが、菜緒はメニューを開くことにした。

「わあ……」

まず飛び込んできたのは、焙煎度《ばいせん》によって並べられたコーヒーの一覧だ。しかも二十種以上ありそうなくらい、見開き一ページにずらりと並んでいる。

焙煎というのはコーヒーの生豆を煎《い》ることで、焙煎度というのはその度合いなのだと祖父から習った。

大まかに分けると浅煎り、中煎り、中深煎り、そして深煎りの四つで、それを更に細かくすると八つの煎り方になるらしい。

祖父が家で飲む際は煎られた豆をお店で買ってくることがほとんどだが、稀《まれ》に家で焙煎してはコンロの周りに薄皮を飛び散らせて祖母に怒られている。でも、菜緒はそれを少し離れて見ているのが好きだ。

灰色っぽかったコーヒー豆が段々と茶色くなり、そして焦げ茶になっていくのを見るのもそうだが、初めは青臭かったのに次第にコーヒーらしい芳ばしい香りが漂ってくる、あの時間が好きなのだ。

だけど、菜緒はブラックでコーヒーは飲めない。いつも祖父に付き合って飲む時はカフェオレにして貰《もら》っている。

ページをめくっていくとカフェオレが目に入ったが、更にその先にカプチーノという文字を見つけて菜緒の視線は動かなくなる。

カプチーノは確かドリップコーヒーに牛乳を入れるのではなく、エスプレッソに牛乳を入れるのだと祖父から聞いたことがある。「家にはエスプレッソマシンがないから作ってあげられないな」とも言っていた。

どんな違いがあるんだろうと気になって、菜緒は顔を上げた。

「お決まりですか？」

途端、目が合ったカウンター内のペンギンが、柔らかい口調で尋ねてくる。

「あ、あの……カ、プチーノを……おね……しま、す……」

「かしこまりました」

お願いします、が声にならなかったが、ペンギンは優しく微笑むように目を細めて頷いた。

なんだかこのペンギンが目を細めると、かわいいけど面白い顔だ。なんという種類のペンギンなのか、段々と気になってきた。

そのペンギンが背後の棚からコーヒー豆を、ミルの中に入れた。

ハンドルを回し出すと、ガリガリと豆が挽《ひ》かれていく音が店内に響いた。

しばらく回して挽き終わった粉を、今度は銀色をした計量スプーンのようなものに詰めていく。

これまでのその手際の良さに忘れていたが、先ほどから作業しているのはペンギンだ。あんな羽で一体どうやってスプーンを持っているのだろう。

不思議に思う菜緒の前で、次に詰めた粉を道具を使って上からギュッと押す。その動作をもう一度やってから、銀のスプーンを背後のエスプレッソマシンにはめた。

ペンギンがボタンを押すと、置かれていたカップにコーヒーらしきものが落ちていく。

ドリップコーヒーとはまるで違う手順に、菜緒の目は釘付《くぎづ》けだ。

今度は冷蔵庫から取り出した牛乳を容器に移して、エスプレッソマシンの横に付いている金属の棒を容器の中に入れた。

牛乳を温めていたのかと納得していると、先ほどエスプレッソを淹《い》れたカップに牛乳を入れていく。出来上がりかと思って身構えていたが、ペンギンは菜緒から見えない場所にカップを置いて何か作業をしているようだ。

「お待たせいたしました」

少し経ってから、カウンターにカップが置かれた。

「えっ……！」

思わず声が漏れる。

出されたカップには、ペンギンの絵が描かれていた。しかも先ほどメニューを渡してくれたキングペンギンのヒナだ。

「かわ、いい……」

「恐れ入ります」

無意識の呟《つぶや》きに、ペンギンが静かに頭を下げた。

これをラテアートと呼ぶのは菜緒も知っているが、目の当たりにしたのは初めてだ。飲んでしまうのがもったいないくらいによく描けている。

そこで菜緒はポケットから取り出した携帯電話をパカッと開けて、写真を一枚だけ撮った。小さな画面にしっかりとペンギンのラテアートが映ったのを確認して、すぐに携帯電話をしまう。

「いた、だ……きます」

一口飲んでみた菜緒は、苦味に驚いて唇を離した。カフェオレはいつも砂糖なしで飲んでいるが、カプチーノは思った以上に苦さがある。ミルクの甘味と柔らかさでも消えないしっかりとした苦味には、砂糖を入れるべきかもしれない。けど、ラテアートの上に砂糖を振りかけるのには少し抵抗があった。

「はい、どうぞ」

いつの間にか横にやってきていたのは、もふもふのキングペンギンのヒナだ。彼はお皿を菜緒の横にそっと置いてから、隣に座った。

お皿にはトーストと目玉焼きが載っている。

「え、と……」

頼んでいないものを出されて戸惑う菜緒に、キングペンギンのヒナが不思議そうに首を傾げた。

「トースト嫌い？　そこに添えた白桃ジャム、僕が作ったんだよ」

「え……」

よく見れば、ペンギンなのにしっかり席に座った彼の目の前にも、同じようにトーストと目玉焼きが置いてある。

「モーニングのサービスですので、よろしければ召し上がってください。白桃のジャムも美味《おい》しいですよ」

菜緒が戸惑っていると察したのか、カウンター内のペンギンがニコリと笑った。

「サー、ビス」にお飲み物をご注文いただいたお客様へ、サービスで出しているんです
「はい。 見習い君も今から朝食なので、隣で食べることをお許しください」

と。 て朝早かったんだもん」

そう言いながらサクサク音を立ててトーストを齧《かじ》る見習いペンギンの前にも、菜緒と同じようにカプチーノが置かれた。

ペンギンがトーストを齧っているのは、とても非現実感が強い。けれど、ここが異世界だとしたら普通のことに違いない。

「いただき、ます」

ペンギンたちのかわいさに心が安らいだせいか、今度は自然な声が出た。

すでに九分割され、一口サイズに切られているトーストを一切れ取り、白桃ジャムを塗ってから一口頬張る。

サクッとした食感のあとバターがじわりと舌の上に広がった。それから桃の香りと甘味で口の中が満たされていく。噛《か》んでいくと食パンのもっちりした歯ごたえとほのかな甘味、そしてバターとジャムの味が絶妙なバランスで、とても美味しい。

一切れすべてを口に入れてから、ふとカプチーノのカップが目に入る。

先ほどは苦いと感じたけど今ならもしかして——そう思ってカップを口に運んだ。

途端、エスプレッソの苦味と牛乳の甘味が、舌の上を流れていく。でも、先ほどのように驚くような苦味ではない。ジャムの甘さに満たされていた口の中が、調和されていくような感覚だ。

そして、最後にはミルクの優しさが口に残った。

「美味しい……」

全部が全部、美味しい。

すぐに次を食べたくなり、白桃ジャムを塗った一切れを菜緒は再び頬張る。

「気に入っていただけて、何よりです」

どんどん食べる速度を上げていく菜緒を見て、カウンター内のペンギンが穏やかに言った。

向けられている目はまるで家族のように優しく、温かい。菜緒の中にも、じんわりと温かさが広がるような、そんな目だ。

こんな気持ちで朝ごはんを食べるのは、いつ以来だろうか。いつもこれから学校だと思うと食欲がなく、義務的に何かを口に入れていただけだった。

学校がものすごく楽しい場所でなくてもいい。

せめて、憂鬱《ゆううつ》さを感じなくなりたい。

最後の一切れを食べ終わった菜緒は、残っていたカプチーノを飲み干してから大きなため息をついた。

食べ終わってしまったからには、もう学校へ行かなくてはいけない。携帯電話を開いてみると、七時十分だった。ここから歩いて十分程度だが、また何度も足を止めることを考えれば、もう出発した方がよさそうだ。

「なんか心配事でもあるの？」

カプチーノのカップに残った泡を見ながら鬱々《うつうつ》としている菜緒の耳に、優しい少年の声が響く。

ゆっくり顔を上げて横を見ると、キングペンギンのヒナがどこか心配そうな目でこちらを見ていた。

「え、えと……」

彼があまりにも気にしてくれているようなので否定したかったが、首を横に振ることはできなかった。

虚勢を張りたいのに、自分の悩みを否定できない。

「まだ学校始まるまで時間あるでしょ？　少し話していったら？」

「え……」

突然の提案に、菜緒は驚いて目を見開いた。

戸惑って思わずカウンター内のペンギンを見ると、彼も静かに頷《うなず》いた。

「今日はまだ他のお客様はいらっしゃらないようですし、よければ話していかれませんか？　他人からしか見えない視点というものも、あるかもしれませんよ」

「ほら、マスターもこう言っているしさ」

ということは、カウンター内のペンギンはこのカフェの店主なのだろう。もしかしたらここはペンギン以外が働けないお店なのかもしれない。異世界なら、そういうこともあるだろう。

そこで菜緒は重要なことを忘れていたと気づく。

ここが異世界なら、菜緒は帰れるのだろうか。

学校に行きたくない気持ちはあっても、異世界で暮らしたいわけではない。祖父母と両親、そして何よりコテツとは離れたくない。

「あの、私……帰れますか？」

菜緒の口から零《こぼ》れた問いに、見習いペンギンは理解できない様子でキョトンとした。

しかし、マスターの方は意図をしっかり汲《く》み取ったような顔をして、クチバシを一度上下に振った。

「もちろんです。確かにここはお客様の暮らす時空とは少しずれた場所ですが、この店を出ればちゃんと元の場所に戻れますよ」

「よかった……」

マスターの声質のせいか、彼の穏やかな表情のせいか、菜緒は彼の説明をすんなりと飲み込むことができた。

けれど一つ解決しても、すぐに次の問題が菜緒の心を押しつぶそうとしてくる。

「帰れないかもしれないって悩んでたわけじゃないでしょ？」

「実は学校に、行きたくなくて……」

見習いペンギンの問いに菜緒は無意識のうちに返事をしていた。

慌てて口元に手を当てたが、もう二羽《わ》には聞かれてしまったようだ。けれど、どちらのペンギンもこちらを優しく見つめてくれていて、菜緒はホッとした。

「学校かあ。それってたとえば勉強が嫌だとか、嫌な教師がいるとか、誰かから嫌なことされているとか、そういう理由？」

尋ねられて、菜緒は思い切り首を横に振った。

「ち、違うの。……誰も、悪くなくて……私が、悪いんです」

自分が悪い、それだけだ。

だから誰のせいにも何かのせいにもできなくて、苦しい。

「私、あまり知らない人と話すの、苦手で、……せっかく挨拶《あいさつ》、してくれても……うまく、返せないんです」

先ほどから普段よりもずっと普通に話せているのは、もしかして相手がペンギンだからだろうか。お店の人ともろくに話せない菜緒からすると、自分でも驚くくらい口が動いている方だ。

「なるほど、それじゃあ今の時期は辛《つら》いね」

見習いペンギンがしみじみと言う。

たったそれだけなのに、なんだか菜緒は泣きそうになった。

「何人も、クラスの子、話しかけてくれたのに、……私、ちゃんと会話、できなくて……だんだん挨拶しか、してくれなくなって……」

クラスメイトたちが悪いわけではない。

逆の立場だったら、菜緒だって挨拶しかしなくなるだろう。むしろ、挨拶をちゃんとしてくれるだけ、優しい人が多いクラスなのだとすら思う。

「突然すべてを完璧《かんぺき》にこなそうとすると、余計にできなくなるものかもしれませんよ」

それまで黙っていたマスターが洗い終わったカップを拭《ふ》きながら言った。

「ですので、一つ一つ、自分に課題を作るのはどうでしょう」

「一つ、一つ……？」

マスターの意図するところがわからず、菜緒は首を傾げた。

「はい。たとえば『美味しいコーヒーを淹《い》れること』を最終的な目標にしたとして、習い始めたその日にこの目標を達成しようとなれば、できなくて当然ですよね」

問われて、菜緒は自然に頷く。

趣味でコーヒーを嗜《たしな》む祖父だって、初めは挽《ひ》かれたコーヒー豆でさえ美味しく淹れられなかったと言っていた。

「美味しいコーヒーを淹れるには、まず豆を用意しなくてはいけません。それも、生の豆の段階でやることが、美味しいコーヒーのためには一番重要です。コーヒーの生豆は、見たことはありますか？」

「はい。あの、おじいちゃんがたまに、家で煎《い》るので……」

「すごいな、おじいちゃん」

菜緒の答えに、見習いペンギンは感嘆の声を上げ、マスターはとても嬉《うれ》しそうに頷いた。

「それは素敵なおじい様ですね。では、生豆で大事なことはご存じですか？」

「いえ、知らない、です」

するとマスターは、突然カウンターの奥へ向かってピョンッと飛び降りた。どうやらカウンター内には台があったようだ。

姿が見えなくなったかと思うと、何かを抱えたマスターが台の上に跳ね上がってきた。まるで海の中から出てくるペンギンみたいだ。

無事に台に着地したマスターは一度手にしていたものを置いて、曲がっていた蝶《ちょう》ネクタイを器用に整える。

それから菜緒の死角で何か作業を始めた。

ザッという音がして、少し青臭いような香りが鼻先にやってくる。

これはコーヒーの生豆の香りだと気づいた時、マスターは黒いトレーを菜緒の前に置いた。上にはだいたい市販のコーヒー豆一袋分くらいの少し緑がかったような白っぽい豆が載っている。

「こちらがコーヒーの生豆です。ですが、この段階ではおそらくおじい様が家で煎るものとは違うはずです。違いが何か、わかりますか？」

「え……わからない、です」

「だよね、わからないよねえ」

正直に答える菜緒に、キングペンギンは何度も首を上下に振った。

いつの間にか、見習いペンギンも身を乗り出すようにして菜緒の前のトレーを覗《のぞ》き込んでいる。

「なんで、ですか？」

「実はこの状態で豆を煎ると、どんなによい豆でも残念な結果になってしまうのです」

「産地から運ばれてきたコーヒーの生豆には、小石などの異物だけでなく、欠点豆というものがどうしても紛れてしまっているのです。欠点豆には色々と種類がありますが、たとえば虫食い豆、カビ臭豆などがあります。ちょうど、ここにどちらもありますね」

「あ、僕やるよ！」

言うが早いか、見習いペンギンは三粒を器用に取り除き、トレーの端に置いた。

あの羽でどうやって豆を取れたのかはわからないが、それよりも菜緒は避《よ》けられた三粒に視線を向ける。

穴の空いている豆が一粒、そして残りは他の豆と比べて黒くなっているように見えた。

「穴の空いているのが、虫食いですか？」

「そうです。そして、黒ずんでいるのがカビ臭豆です。これらを避けないで焙煎《ばいせん》して、コーヒーを淹れてしまうと、カビ臭のするコーヒーや、濁って異臭のするコーヒーになってしまいます」

「そんなの、美味《おい》しくない、ですね」

想像の中でもとても飲みたいとは思えず、菜緒は顔をしかめた。

「うん、一度飲んだことあるけど、本当に飲めたもんじゃなかったよ」

目をギュッと瞑《つぶ》って首を振る見習いペンギンを見ると、そのまずさが伝わってくるようだ。

「ですから、そうならないためにハンドピックと言って、先ほどのような欠点豆を取り除く作業が何よりも重要になります。なかなか地味で手間のかかることですが、これを省略してはよいコーヒーは淹れられないのです」

マスターが遠い目をしているところを見ると、よほど大変な作業なのだろう。でも、考えてみればたくさんある豆から一粒ずつ取り除くのだから、かなり根気がいりそうだ。

「人間関係でハンドピックと同じくらい必要なことは、なんだと思いますか？」

「え……えと……、会話、ですかね」

急な質問に慌てて答えると、マスターはニコリと笑った。

「そうですね、会話は人間関係を育《はぐく》んでいく上で、確かに重要です。ですが、その会話を始めるためにまず必要なのは挨拶、ではないでしょうか」

「あ……」

考えてみればそうだ。

挨拶をしないで会話など始められない。

「コーヒーもハンドピックをして、それから豆に合った焙煎技術、そして淹れ方に合わせた挽き方、更に美味しく抽出する方法を行って、ようやくよいコーヒーというものを提供できます。人間関係でも挨拶を交わすようになってから、会話をしていくようになり、それから様々な形で信頼関係を築いて友情を深める場合がほとんどですよね」

マスターの言葉に、菜緒は力強く頷いた。

「突然クラスで友達を作ることを目標にしていると、きっと毎日、駄目だったことばかりを振り返ってしまうはずです。けれど、たとえば挨拶してくれた相手に挨拶だけは返す、を目標にしたら、何回かに一回は成功するのではありませんか？」

あ、と思った。

確かに今まで、会話をしなくちゃ、友達を作らなくちゃ、とばかり考えていた。

それを挨拶だけ返そう、にすれば、難しさはグッと少なくなる。

「まずは一日一度以上成功させようって思ったら？」

「それなら、できるかも……」

一度だけでもと思えば、心の負担もかなり減るはずだ。そう思うと、なんだか勇気が湧いてくる。

「成功したらさ、きっと自信になるよ。で、次は一日二度以上、とかにしていけばいいんじゃない？　段々増やしていくうちに、気がついたら自然に挨拶を返しているかも！」

見習いペンギンが楽しそうに羽を広げてパタパタと振る。

その姿を見ていると、なんだか菜緒まで楽しくなってきた。

それに、頑張れば自然に挨拶を返せる日が、いつか訪れてくれるような気さえする。

「ありとうございます。私、やってみます」

二羽に頭を下げてから、菜緒はギュッと拳《こぶし》を握る。

そして今の気持ちを忘れないうちに学校へ向かおうと、ゆっくりと立ち上がった。

二羽に見送られたのもあって、学校へ向かう足取りはとても軽かった。ここ最近何度も止まっていた足も、今日は止まることを知らないみたいだ。

驚くほど癖になっていたため息も、まだ出ない。

いつもよりも早い時間に到着した菜緒は、校門の少し手前で足を止めて校舎を見上げた。

周囲には他の生徒たちの楽しそうな声が溢《あふ》れていて、せっかくの意気込みが小さくなりそうになる。

大丈夫、一度だけ。一度だけでも挨拶を返す。

胸の前でギュッと手を握り、頭の中で何度も繰り返した。

靴を履き替えてから教室に入ると、もう半分くらいの生徒が登校済みだ。

「おはよう」

自分の机に向かおうとしている最中、誰かの声がする。

振り返ってから挨拶を返す、そう思っているのに体が動かない。

「お、は……よう……」

誰にも聞こえない声で呟《つぶや》いて、菜緒は自分の席に到着した。

次こそは頑張る。

次こそは、ちゃんと振り向いて、ちゃんと挨拶する。

「あ、有本さんおはよう。今日は早いんだね」

荷物を机の上に置いた途端、明るい、弾んだような声が隣から聞こえた。

今度は勢いで振り返ることができて、声の主に視線を向ける。

隣の席の木原《きはら》一華《いちか》は誰とでも仲良くできるだけでなく、こうして毎日菜緒に挨拶をしてくれる人だ。

これまで小さな声で返せたことはあったが、はっきり挨拶《あいさつ》したことはない。

だから今日こそは、彼女にちゃんと挨拶をしたい。

そう思って菜緒は大きく口を開けた。

「おっ……」

「ねえ、一華ー！」

やっと一文字目を口にできたと思ったところで、誰かの声にかき消された。当然、一華の視線も菜緒からは外れてしまい、もうこちらを気にする様子もない。

菜緒は下を向いて、下唇をキュッと噛《か》んだ。

「なーにー？」

今なら、言えそうだったのに。

誰かが一華に声をかけなければ、ちゃんと挨拶を返せたはずだったのに。

そんな考えが菜緒の頭によぎったが、必死で追い払った。

もっと早く返せばよかっただけだ。

それか、あのまま言いきってしまえばよかっただけだ。

たったそれだけ。

だけどそれができない。

一度だけでもちゃんと挨拶を返す、そんな簡単なことができないなんて。

なんて自分はダメなんだろう。

落ち込みながら授業を受け、休み時間になってふと携帯を開いてみる。画面に映し出されたのは、今朝のラテアートだ。可愛らしいペンギンの絵を見て、菜緒の中の罪悪感が膨らんでいく。あのカフェで貰った勇気は、もうどこにもない。

「それって、ペンギン？」

突然降ってきた声に慌てて顔を上げると、そこには一華の顔があった。興味津々な瞳《ひとみ》で携帯の画面を覗き込んでいる。

「な、なにっ！」

菜緒は咄嗟《とっさ》に携帯を両手で覆って、胸の前で握りしめた。

裏返った声は思った以上に強く、目を丸くしている一華だけでなく菜緒自身も驚いてしまったほどだ。

でも、きっとそれは一華には伝わらないだろう。

目が合っている今、菜緒が睨《にら》みつけていると思っているはずだ。

「あ……勝手に見て、ごめんね」

一華が申し訳なさそうに眉《まゆ》を下げ、謝罪を口にしてから自分の席に戻っていく。

そんな顔をさせたいわけではないし、謝って欲しいわけでもない。ただ驚いただけだと伝えたい。

だけど挨拶もできない菜緒がそんなことができるわけもなく、その日はずっと下を向いて過ごした。

放課後、あえてCAFE PENGUINの近くを通らないようにして菜緒は帰宅した。あんなに励ましてもらって「やってみます」とまで言ったのに、結果はあれだ。申し訳ないやら情けないやらで、近くすら通れなかったのだ。

家の門を開けると、庭にいるコテツが勢いよく走り寄ってきた。菜緒に飛びつこうとして、繋《つな》がれている鎖によって阻まれている。

「ただいま、コテツ」

コテツはご丁寧に、散歩用のリードを咥《くわ》えていた。どうやら菜緒が帰ってくるのを察して、リードを用意していたようだ。

「うん、散歩行こうね。着替えてくるから待ってて」

菜緒の言葉を理解したように、コテツは尻尾《しっぽ》を振りながら座った。

「ただいま」

「おかえりー」

玄関を開けて大きな声で言うと、台所の方から母の声がした。

家なら大きな声で挨拶できるのに、と落ち込みながら、菜緒は自分の部屋に行きサッと着替えを済ませる。

「コテツの散歩行ってくる」

台所に顔を出して軽く伝えると、夕食を作っていた母が振り返った。

「はーい、気をつけてね」

「うん、行ってきます」

菜緒が帰宅後にコテツと散歩に行くのは、もはや日課だ。

散歩用のバッグを持って庭に出るとコテツが相変わらず座って待っていた。

口に咥えられていたリードを手に取って首輪に付けたところで、コテツが立ち上がる。

「行こうか」

一緒に門を出て、早歩きで土手へと向かっていく。夕方になる少し前の時間は、まだランニングの人も少なくてねらい目だ。

土手に着いてから、菜緒は一度深呼吸をした。

足元の子犬を見ると、瞳を輝かせながら尻尾を千切れんばかりに振っている。もうこれから何をするのか、彼はよくわかっているのだ。

「コテツ、準備いい？」

「ようい……どん！」

掛け声を合図に、コテツと菜緒は全力疾走を始めた。

春風を切って土手の上を駆け抜けていく。

途中まではコテツとよい勝負なのだが、徐々に菜緒の速度が落ち始め、数百メートル進んだ頃にはすっかり止まってしまうのがいつものことだ。

肩で息をする菜緒をコテツは満面の笑みを浮かべて見上げている。その顔には少しも疲れは見られなかった。

次を催促されるもののすぐには走れないので、いつも通り菜緒は土手に寝転がった。

大の字に手足を広げると、コテツが楽しそうに横で転がり始める。

「コテツ……私今日もちゃんと、挨拶できなかったよ」

まだ明るい空を見上げて菜緒が呟くと、コテツの動きが止まった。

スッと横にきて、まるで寄り添うように伏せをしてみせる。

「家を出たあとね、不思議なカフェに行ったの。ペンギンが店員さんで……多分、別の世界、異世界とかそういうところに行ったんだと思う。途中でちょっと、ちゃんと帰れるかなって不安になったけど、帰って来られたから安心したよ」

誰かに聞かれたら大丈夫かと心配されそうな内容でも、コテツになら言える。

今でも少し白昼夢か何かを見ていたのではないかと思う。だけど、それにしては体験した味がはっきりとし過ぎている。異世界だと思った方が、菜緒には現実的だった。

「そこでね、小さな目標を立てて、頑張っていけばいいって言われてね。まずは挨拶を頑張ろうって思ったの。あの時は本当にできると思ってて、絶対やるんだって思ってたのに……」

誰が通るかわからないような外なのに、泣きそうになる。

コテツの方に顔を向けると、彼は聞いているよと言わんばかりに尻尾を振った。

「なんでコテツに話すみたいに、ちゃんと話せないんだろうなあ……」

名前を呼ばれたからか、これまでお行儀よくしていたコテツがすぐに飛び掛かってきた。

全身で乗っかって来たかと思うと、顔を舐《な》めてくる。

「ちょっと、待っ……」

思わず笑いながら、菜緒は上半身を起こす。

コテツの顔は離れたものの、今度はまた走ろうと誘うように袖《そで》を引っ張られた。

日がもうすぐ落ちる時間なのか、先ほどよりも少し空は暗くなっている。

「よし、もう一回走ってから帰ろうか」

今度は立ち上がって、リードをしっかりと握った。するとコテツも全て理解した様子で跳ねるように土手を上がっていく。

それから、今度はさっきよりも長く全力疾走した。

不安や、自分に対しての苛立《いらだ》ちを吹き飛ばすように、無我夢中で走った。

途中で息が苦しくなっても、かえって無になれる気がして、菜緒はコテツと一緒に走り続けた。

明日《あした》こそは、頑張ろう。一歩踏み出そう。

ぼうっとしてくる頭の中で、ひたすらそう繰り返した。


朝、やはり昨日までと同じように憂鬱《ゆううつ》な気分で菜緒は目を覚ました。

髪をとかして身なりを整えてから台所に行くと、もう両親と祖父母は起きていた。

挨拶をして朝ごはんのおにぎりを一つ貰って、庭にいるコテツの元へ向かう。

すでに縁側の雨戸は祖父か祖母によって開けられていて、菜緒が顔を出すとすぐにコテツが反応した。

コテツは縁側までは上がってよいことになっており、鎖もその分長くされている。

菜緒が腰をかけると、コテツは軽々縁側に乗ってきた。

「おはよう、コテツ」

コテツの頭を十分に撫《な》でて、耳のビロードのような毛並みを堪能《たんのう》してから、ラップに包まれたおにぎりを一口食べた。

ほどよい塩加減で美味《おい》しいが、相変わらず朝だからか食欲は湧かない。

母はそれも理解した上で、とても小さいおにぎりを用意してくれる。そして朝だけはこうしてコテツの横で食べることが許可されているのだ。

それでようやく、菜緒は朝ごはんを食べることができる。

「学校、行きたくないな……」

おにぎりをようやく食べ終わったところで、ぼそりと呟《つぶや》いた。

これまで横でおとなしくしていたコテツがバッと起きて、何かを期待しているかのように瞳を輝かせ尻尾を振る。

「ごめんね、散歩じゃないよ」

春休み中に何度か朝散歩に行ったのもあって、たまにこうして菜緒の言葉を誤解して反応する。そして否定されると耳をぺたりとさせ、下を向くのだ。

一連の仕草が本当にかわいくて、思わず菜緒はコテツに抱きついた。

「帰ってきたら行こうね。また走ろうね」

応《こた》えるようにコテツが尻尾を千切れんばかりに振り出した。

「その前に、私……頑張るから……」

決意表明してみたものの、自信はない。

昨日の散歩からずっと自分に言い聞かせているはずなのに、やっぱり不安で押しつぶされてしまう。

本当は休みたいくらいだ。だけど、ただクラスに馴染《なじ》めないというだけで家族に心配はかけられない。

コーヒーとは違う芳《こう》ばしさを感じるコテツの匂いを吸い込んでから、立ち上がった。

「行ってくるね、コテツ」

六時半前。昨日と同じような時間に、制服に着替えた菜緒は家を出発した。

心の重さを反映しているかのように、足も、体も重い。

気力だけで歩き続けるうち、どんどん歩きづらくなってきた。

歩いたことはないが、まるで沼の中を進んでいる気分だ。

朝なのに、周囲が薄暗くさえ見えてくる。

一度、止まろう。

そう思った瞬間、優しい香りが菜緒の鼻先を掠《かす》めていった。

芳ばしくて、少しチョコレートのような、だけどしっかりとコーヒーらしい香りに、体が軽くなった気がしてゆっくりと顔を上げる。

明るくなった視界の先に、CAFE PENGUINの看板が目に入った。

視界だけでなく気持ちすら晴れやかになった気がしたが、すぐに昨日うまく挨拶《あいさつ》できなかったことを思い出す。

一度も挨拶を返せなかった自分が、またあのカフェに行く資格なんてあるのだろうか。

考えたところで、二羽《わ》のペンギンの姿が脳裏に浮かんだ。

彼らは、昨日できなかったからと言って、がっかりするだろうか。

なんでできなかったのだと、菜緒を責めるだろうか。

どんなに悪く考えようとしても、あの二羽がそんなことを言うとはなぜか少しも考えられなかった。

それならきっと、もう一度行っても大丈夫。

ギュッと拳《こぶし》を握り、菜緒は路地に入っていく。

より一層強くなるコーヒーの香りに励まされるようにして、CAFE　PENGUIN の扉を開けた。

「いらっしゃいませ」

カランッとドアベルの音が聞こえる中、マスターの心地よい低音が響いてくる。

見ると昨日と同じようにカウンター内から頭を下げていた。

どうやら今日も無事、異世界にやってこられたようだ。

「あ、おはよう。はい、座って座って」

店の奥から出てきたのは、見習いのキングペンギンのヒナだ。今日ももふもふほわほわしていて、とてもかわいい。

昨日と同じカウンター席に通され、菜緒はお辞儀をしてから腰をかける。

すると、昨日と違って今日は先客がいることに気づいた。

一番奥のカウンター席に座っているのは、人間ではない。確か、ミナミコアリクイという動物のはずだ。

そのミナミコアリクイが、パーカーとジーンズを着こなして、カウンター席に慣れた様子で座っている。

一瞬驚いたが、考えてみたらここは異世界だ。

ペンギンがやっているカフェに他の動物が来たって、全くおかしくない。むしろ人間の菜緒が来ている方がおかしい可能性だってある。

「はい、メニュー」

見習いペンギンに渡されたメニューを開く。

今日は全部のメニューを見ようと考えながら次々ページをめくっていくと、文字の横にかわいいイラストがあり、メニューが紹介されていることに気づく。昨日はあまりめくらないで決めてしまったから、見落としていたのかもしれない。

誰が描いているのだろう。

とてもかわいい上に、メニューの特徴がわかりやすいし、何より美味しそうだ。

食事のページまで進むと『朝食』というページを見つけた。

「エッグベネディクト……」

お洒落《しゃれ》な名前と美味しそうなイラストに惹《ひ》かれて、菜緒の口から思わず零《こぼ》れ落ちる。

「お、目の付け所がいいね。それ、美味しいんだ」

いつの間にか横に戻ってきていた見習いペンギンが、水の入ったグラスをカウンターに置きながら目を輝かせた。

彼の表情から、きっと好物なのだろうと伝わってくる。食べてみたいなと思っていると、段々とお腹が減ってくるから不思議だ。

「じゃあ、それを、お願いします」

「朝だから飲み物もセットだよ。何がいい?」

問われて、何を飲むか考える。

昨日のカプチーノは、白桃ジャムとトーストがあったからこそ、美味しく飲めた。今日は甘くない食事なので、冒険をせずに飲みなれたものがいい。

「えと、カフェオレを……」

「はい、カフェオレね。僕もそうしよっと。マスター、僕と菜緒にエッグベネディクトとカフェオレお願い」

意気揚々とキングペンギンのヒナは菜緒の隣に腰をかけ、カウンター内に向かってオーダーする。

「少々お待ちください」

見習い君は仕事中じゃないのかと、菜緒はハラハラしたが、マスターは気にしていないようだ。相変わらず穏やかに微笑んで、注文を受けてくれた。

すぐにマスターは背後に並ぶ瓶の一つを手に取る。そしてミルに計量スプーン二杯分の豆を入れて、ハンドルを回し出す。

ガリゴリと、リズミカルな音が店内に響いた。

菜緒の家には電動ミルと手動ミル、どちらもあるが、電動の方が味のムラが出にくいと祖父は言っていた。だけど音だけで言えば、菜緒は手動のミルの方が好きだ。静かな空間に響く音と、段々と広がるコーヒーの香りを感じる一時は、なぜだか落ち着く。

手を止めたマスターは軽く蝶《ちょう》ネクタイを直してから、店の奥へ進んで台から飛び降りた。

カチャカチャという調理器具の音、それからジューッと何かが焼かれる音、そんな調理する音が聞こえ始めた。

エッグベネディクトを作ってくれているのだろうか。

考えるだけで、なんだかお腹が減ってくる。おにぎりを食べた時はもうしばらく食べられないと思っていたのに、ここのトーストが美味しかったことをまるで胃が覚えて期待しているみたいだ。

見習いペンギンは黙ったまま足をぶらぶらとさせて待っているし、ミナミコアリクイは黙ってコーヒーを飲んでいた。

静かな空間に、マスターの奏でる音だけが響いて、まるで音楽を聴いている気分になってくる。

同じ沈黙でも、学校でのものと全然違って心地よい。

台の上に華麗に飛び上がってきたマスターが今度は先ほど挽《ひ》いたコーヒー豆をドリッパーへ入れて、ステンポットからくるりと一周させるようにお湯を注いでいく。

コーヒーのよい香りが立ち昇ってきて、菜緒は思わず息を吸い込んだ。

少し時間を空けると豆がお湯でふっくらしてくる。祖父が淹《い》れてくれる時、少しカップケーキみたいで美味しそうと思ってしまうのは、内緒だ。

そこへ、マスターが体全体で円を描きながらお湯を注ぎ始めた。

勢いのある砂時計みたいに下の器にコーヒーが落ちていく。次第にコーヒーが増えていき、最後にドリッパーが外された。

一連の流れはやはり祖父よりも手慣れていて、ペンギンが淹れているとは思えないほど鮮やかだ。

コーヒーをカップに注いでから手鍋《てなべ》の牛乳が注がれて、菜緒と見習いペンギンの前にそっと置かれた。

「お待たせいたしました」

続いて、用意されていたエッグベネディクトが運ばれてくる。

「わあ……」

イングリッシュマフィンの上にベーコンと卵が載り、その上にとろりとした黄色いソースがかかっている。添えられたサラダの緑と赤が彩りを加えていて、お皿全部が美味しそうに見えた。

思わずお腹が鳴ったが、果たしてこれはどう食べるべきなのか。

「いっただきまーす」

悩む菜緒の横でそう言って、見習いペンギンはナイフとフォークを手にする。そしてきれいに四分の一に切り分けてから、そのうちの一つを口に運んだ。ペンギンとは思えないほど、それこそ菜緒よりよっぽどナイフとフォークを使いこなしている。

もしゃもしゃと咀嚼《そしゃく》した見習いペンギンは、恍惚《こうこつ》とした顔で飲み込んだ。それだけでもう美味《おい》しさが伝わってくる。

「うん、美味しい！」

続いて彼がサラダを口に運ぶのを見て、菜緒も思い切ってナイフとフォークを手に取った。

「いただきます」

まずは半分に切るためにナイフを入れると、半熟の卵がとろりと溢《あふ》れ出す。焼かれて少し硬いイングリッシュマフィンとベーコンをなんとか切り分けた勢いで、更に半分に切った。

そして、とろとろの黄身をなるべく零さないように一気に口に運んだ。

カリッとした食感のあと、まずはソースの濃厚な味が口に広がり、続いてベーコンの塩気が味を引き締める。そして、最後は卵が全てを柔らかく包んでいった。

ベーコンやイングリッシュマフィンの食感を楽しんでから飲み込んで、先ほどの見習いペンギンの顔が決して大げさではないことを理解した。

「美味しい……」

「恐れ入ります」

マスターが嬉《うれ》しそうに目を細めた。どこか面白味もある表情だが、その優しさ溢れる顔に菜緒の心がより穏やかになっていく。

続いてカフェオレを飲んで、菜緒はほうっと息を吐いた。

コーヒーらしい確かな苦味があるのに、温められた牛乳の甘さがそれを柔らかくしていく。コーヒーの香りを楽しみながらも後味は優しくて、気持ちが自然と安らいだ。

「カフェオレも、美味しいです」

「僕もカフェオレ好き。甘い物食べない時は特にいいよね」

見習いペンギンが菜緒に顔を向けてニコリと笑う。そのクチバシに黄身がついていて、なんだかとてもかわいい。

「あ、わかります。甘い物抜きの方が、カフェオレの甘味を楽しめるというか……」

「そう、それ！　菜緒はわかってるね」

嬉しそうに言うペンギンを見て、ふと気がついた。

なぜ一度も名乗っていないのに、菜緒の名前を知っているのだろう。

不思議に思ったものの、ここは異世界だし、そういうことがあってもいいような気がした。

それに彼に名前を呼ばれると、友達が増えたみたいでなんだか嬉しい。

幸せな気分のままエッグベネディクトを食べ終わり、カフェオレを飲み干した。

携帯電話を取り出して開くと七時を過ぎたところだ。まだまだ焦るような時間ではないが、時間を確認してしまったせいで現実を思い出してしまう。

これから、学校へ行かなくてはいけない。

そう考えるだけで、菜緒の心はずしんと重くなった。

「美味しい物を食べたあとなのに、暗い顔だなあ」

マスターでも見習いペンギンでもない、どことなく間延びした喋《しゃべ》り方に、菜緒はゆっくり顔を上げた。

すると、一番奥のカウンター席に座っているミナミコアリクイと目が合う。

「学生さん、そんなうかない顔でどうしたのぉ?」

のんびりした口調で訊《き》かれると、知らない人から話しかけられるという緊張もなぜか和らぐ——そもそも相手がミナミコアリクイだからかもしれないが。

「あ……あの……」

「せっかくここに来られたんだからさあ、もっとぶっちゃけちゃえばいいよぉ」

のほほんとしたミナミコアリクイの言葉から、嫌味は感じられない。むしろ、彼が心配してくれているのが伝わってくるような気さえする。

「そうだよ菜緒。ここではもっと素を出して、いっぱい話していきなよ。マスターも僕も、それに今日はミコさんも聞いてくれるよ」

優しい声で紡がれる優しい言葉が、菜緒の心をそっと撫《な》でていく。

昨日勇気を貰《もら》ったこと。

頑張ろうとしたこと。

でもダメだったこと。

色んな気持ちが一気に頭を駆け巡る。

気がつくと、涙が一筋頬を伝っていた。

「私……頑張ろうとしたのに、できなかった……学校で挨拶《あいさつ》、一度も返せなかったんです……あんなに……勇気づけて、貰ったのに……」

ボロボロと涙を流す菜緒に、見習いペンギンは慌てたように何か拭《ふ》く物を探し出す。そして自分のエプロンしかないことに気づいたのか、紐《ひも》を解《ほど》いた。

「ごめん、泣かせるつもりはなかったんだけど」

エプロンでそっと菜緒の頬を拭《ぬぐ》うキングペンギンのヒナは、とても落ち込んでいるように見えた。

その後ろで、ミナミコアリクイのミコも狼狽《うろた》えている。

菜緒も、彼らにこんな顔をさせたかったわけではない。

頭を横に振ってそれを伝えようとしたが、声にならなかった。

それでもしばらく見習いペンギンが優しく頬を拭ってくれていると、次第に涙は止まってくる。

気まずい沈黙が流れる中、それを優しく破ったのはマスターだった。

「よろしければ、こちらをどうぞ」

大きめのカップにはクリームのようなものが載り、上にはココアパウダーが振りかけられている。

「あ、あの……」

頼んでいないものに慌てて、涙が引っ込んだ菜緒にマスターは柔らかく微笑んだ。

「こちら、サービスのティラミスラテになります。カフェラテの上にマスカルポーネチーズを混ぜたホイップクリームを載せて、ココアパウダーをかけてできあがりです。とても美味しいので、どうぞ」

「で、でも」

こんなちゃんとした一杯をサービスでもらっていいのだろうか。

さほどカフェには行ったことがないので、菜緒には判断がつかない。

「マスターが出してくれてるんだから、飲んじゃえばいいんだよお」

アリクイが言うと、見習いペンギンもうんうんと頷《うなず》いた。

「そうそう、遠慮なくどうぞ」

皆に勧められて、菜緒は気がついたら首を縦に振っていた。

「い、いただき、ます」

見守られながら飲むことに緊張しながらも、カップを口に運んだ。

コーヒーの香りとチョコレートの香り、それから他の甘い香りが溶け合うようにして、鼻腔《びこう》に入ってくる。飲む前から絶対に美味しいと主張されているみたいだ。

少し口にした途端、口当たりのまろやかさと共にマスカルポーネのまろやかさ、そしてホイップクリームの甘さが広がり、その上をコーヒーの苦味が優しく覆っていく。

ティラミスラテ、という名の通り、本当にあのデザートのティラミスを飲んでいるみたいだ。ただ、これまでに食べたことのあるティラミスよりもずっとコーヒーの香りが強くて、菜緒にとっては余計に美味しく感じられた。

ちょうどよい苦味と確かな甘味は、なんだか心身をホッとさせてくれる。それに、温かいカップに触れているだけで、なぜだか冷え込んでいた指先だけでなく心も温まった。

「……美味しい、です」

菜緒の言葉に、マスターだけでなく見習いペンギンも本当に嬉しそうに破顔した。

ミナミコアリクイも安心したような目でこちらを見てくれている。

「ティラミスはイタリア語で、直訳すると『私を引っ張り上げて』という意味、つまり『私を元気づけて』という言葉だそうですよ」

マスターが優しく目を細めた。

この一杯で菜緒を元気づけようとしてくれているのだとわかって、また泣きそうになってくる。

「先ほどミコさんもおっしゃった通り、せっかくこのカフェにいらっしゃったのですから、もっと心の内を吐き出してもよいのですよ」

マスターも、見習いペンギンも、そして初めて会ったミナミコアリクイも、誰もが菜緒を心配して寄り添ってくれようとしている。

「ありがとう……ございます……」

こんなダメな私に、なんでここまで言ってくれるんだろう。

疑問に思うが、嫌ではない。それどころかとても嬉しい。

これが人間相手だったら、こんなに素直に受け止められなかったかもしれない。不思議な空間の、かわいらしい動物たちだからこそ、全ての言葉をすんなり飲み込めているのだろう。

向けられたこの温かさに、ちゃんと応《こた》えたい。

もうすっかり冷たくなった拳《こぶし》をギュッと握ってから、菜緒は顔をしっかり上げた。

「昨日も、話した通り、私は慣れない人と話すのがすごく苦手なんです。小学生の頃はなんだかんだクラスの子は六年生になるまでに顔見知りになっていたし、友達もいてなんとかなったんだけど、中学入ったら知らない人がいっぱいで……」

入学式は慣れ親しんだ箱庭を出て、外の世界に連れ出されたような気分だった。

「知っている人よりも知らない人の方が全然多くて、すごく戸惑いました。それでも一年の時は小学校の時の友達が同じクラスだったから、なんとかなったんです。でも、二年になって本当に誰も友達のいないクラスになったら、どうやって挨拶したらいいかもわからなくなっちゃって……」

家族でもない、コテツでもない相手にこんなにすらすらと話せる自分に正直驚く。だけど、皆が優しく見守っていてくれるから、菜緒の舌は滑らかに動き続けた。

「頑張ろう、頑張ろうって思えば思うほど、うまく返せなくなって、何人か席の近い子が話しかけてくれても、ちゃんと返せなくて……私、目つきが悪いから、怒ってるって勘違いされることもあって、そのせいか黙ってたら謝られたりして、違うって言いたくてもうまく説明できなくて……どうしていいかわからなくなっちゃったんです。そうしたらもう、挨拶することも怖くなって……」

そこまで話した菜緒は、うまく伝わったか不安になってきた。

ずっと悩んできたこととはいえ、コテツに話しているのはいつも断片的で、一気に詳細を誰かに話すのは初めてだ。

それに、そもそもはただ人付き合いが上手《うま》くできないというだけだ。人付き合いが苦じゃない人たちからしてみたら、こんなの大した悩みじゃないと言われても仕方がないのではないだろうか。

考えていると、周りの反応が怖くてまた下を向いてしまう。

「ああ、わかるなあ。慣れない相手との会話は、いつだって怖いよねえ」

のんびりとしたミコの言葉に、菜緒はゆっくり顔を上げた。

「僕もねえ、怖くて怖くて、話しかけられた時つい威嚇しちゃった時期があったよお」

昔を懐かしむように目を細めながらミコがしみじみと言うと、見習いペンギンが目を丸くした。

「え、ミコさんの威嚇って確か、立ち上がって両手広げる、あれのこと?」

「そう、これのこと」

言うが早いか、ミコはカウンター席に上手に立って両手を広げた。

菜緒からすると威嚇には見えず、ただただかわいいミナミコアリクイの姿だ。

フウッと息を吐いたミコが、ゆっくり席に座り直した。

「会話が苦手だとさあ、変なこと言ったらどうしよう、笑われたらどうしよう、嫌われたらどうしよう、って色々考えるんだよねえ。本当にそうなるかなんてわからないのに、臆《おく》病《びょう》になるんだよお」

過去を思い出すように言われた言葉に、菜緒はそれだ、と言いたくなった。

まだ未確定な相手の反応に勝手に怯《おび》えて、萎縮《いしゅく》してしまう。それで黙っていたらもっと悪い反応をされるかもしれないと考えても、声が出せなくなるのだ。

「で、威嚇するの？」

「そうそう。気がついたら、してたの。急に話しかけられると、びっくりするのもあるんだけどさ、あれもある種の自己防衛なんだろうね。けどさあ、よい結果にはならないよねえ」

コーヒーカップを手にしたミコが、見習いペンギンの問いに頷いた。

「でもさあ結局のところ、どんなに怖くても、自分で頑張るしかないんだよねえ」

「そうですね。稀《まれ》に気の合う誰かと運命的に出会える場合もありますが、ほとんどの場合、自分の行動によって交友関係を広げていくしかないですよね。時に失敗もするでしょうが、挑戦し続けることが大事なのでしょうね」

ミナミコアリクイとマスターの柔らかい声は、菜緒に確かに届いていた。

だけど失敗しても挑戦し続けるというのは、今まで頑張ってきたのにまだ頑張らないといけないということだ。

考えるだけで気が重くなってくる。

「一歩を踏み出し続けなければ、そこで立ち止まったままで何も変わらないですからね」

「マスターって立ち止まったことあるの？」

しみじみとしたマスターの言葉に、見習いペンギンがふと尋ねる。

「そうですね。迷いというものは案外身近なところにもあるので、小さいことでなら度々立ち止まっていますよ」

「そうなの？　たとえば？」

身を乗り出した見習いペンギンに向かって、マスターが穏やかに微笑んだ。

「たとえば……見習い君が割ったお皿を給与から引くべきかどうか、でしょうか」

「ええ！　それは僕のお菓子食べたんだから、帳消しにしておいてよ！」

「その材料費は……」

「あああ聞こえないから！　僕何も聞いてないから！」

見習いペンギンが目の横を押さえて首を左右に振っている。

ペンギンって、耳があるんだっけ。

そんなことを考えているうちに、菜緒の視界は少し歪《ゆが》んでくる。

これが眠気によるものだと気づいた時には、もう意識を手放していた。

気がつくと、どこかの校舎の中にいた。

でも、菜緒の知っている学校ではないようだ。

廊下の材質も、窓から見える風景も、見覚えがない。

それどころか廊下を歩くのは動物たちばかりだ。しかも誰もが制服を着ている。今は登校時間なのか鞄《かばん》を持った生徒たちがまばらに歩き、教室へ入って行ったり、階段を上って行ったりしているようだ。

驚いたが、異世界ならこんな学校があっても不思議ではない。

夢を見ていると思うよりも先に、今度は異世界の学校に迷い込んだのかもしれない、と考えた菜緒はすぐ横の窓ガラスで自分の姿を確認しようとした。

そこに映った姿は、どう見てもミナミコアリクイだ。男子用制服を着た、ミナミコアリクイだ。

開けられた窓から柔らかい風が吹き込んで、菜緒の頬を撫《な》でていく。自分の毛が僅《わず》かに揺らされる感触がとても現実的で、この姿こそが自分だと実感が湧いてくる。

もしかして、ミナミコアリクイに転生してしまったのだろうか。

今まであのＣＡＦＥ　ＰＥＮＧＵＩＮにいたのは、走馬灯の一種とかそういう何かだったのだろうか。

カフェにいたペンギンたちは全てをわかっていたからこそ、あんなに優しくしてくれたのだろうか。

考え出すと、段々とそんな気がしてくる。

転生を題材にした漫画や小説で突然前世の記憶が戻ることはよくあるし、菜緒にとっては今がそれなのかもしれない。

まじまじと窓ガラスに映る自分の姿を見てみる。

薄茶の毛に黒いベストを着ているような姿が特徴のミナミコアリクイだが、今は制服らしきシャツとスラックスを着用しているので黒い毛は見えない。スラックスからは長い尻《しっ》尾《ぽ》が出ていた。

三角の顔には円《つぶ》らな瞳《ひとみ》とピョコンと耳が付いていて、なかなか可愛らしい顔立ちだ。

これが今世の顔。

人間から動物への転生のせいか、なんだかピンと来ない。

周囲を改めて見回してみれば、やはり動物しかいないようだ。

キリン、ヤギ、トラ、ダチョウ、それからワニなんかも歩いている。誰もが制服を着て、二足歩行をしていた。

ミナミコアリクイはかなり小柄な方なので、ほとんど全員を見上げる形だ。おかげで菜緒が周りの動物たちをまじまじと見ていることも、気づかれていないようだった。

ふと、前方からやってきたクマと目が合い、菜緒の体は硬直した。

相手が肉食だからというよりは、目が合ってしまったので挨拶《あいさつ》をしなくてはいけない、という恐怖な気がする。

サッと視線を外してから体を窓の方に向け、クマが通り過ぎるのを待つ。

話しかけられませんように、通り過ぎてくれますように。

体は強張《こわば》る一方、鼓動がどんどん早くなり、耳には脈の音しか響いてこない。

「おはよ！」

声がして、菜緒の肩がビクッと跳ねあがる。

恐る恐る振り返ってみると、先ほどのクマが手を振っているのが見えた。だけど彼の視線を追って、菜緒は安堵《あんど》の息を吐いた。

「はよーっす」

菜緒の背後からクマの挨拶に応える声がした。

「昨日もらった魚、美味《おい》しかったわー。母ちゃんも喜んでた。ありがとな！」

陽気なアシカが、菜緒の前でクマとハイタッチを交わす。

「お、マジで。あれくらいなら、また今度捕ったついでにあげるよ」

「やったね」

二匹は楽しそうに話しながら去っていく。

そこでようやく、ホッと一息つけた。

ここに至るまでの記憶が全くないが、体の緊張具合などから考えて、ミナミコアリクイになっても菜緒は臆病で人見知りのままらしい。

転生したなら、もっと前向きで明るい性格になりたかった。

でもそれより、本当に有本菜緒は死んでしまって、ここに転生してきたのだろうか。

死んだ記憶が全くないから実感が湧かないだけなのかもしれないが、深く考えると泣きそうになってくる。

もし最後の記憶があのCAFE　PENGUINでのものだとしたら、中学校に登校する最中に事故にでもあったのかもしれない。

一人っ子の菜緒を失って、両親と祖父母はどれほど悲しんだことだろう。コテツはあまり理解してなくて、ただ散歩に行く機会が減ったとしか思わないかもしれないけど。

しょんぼりと肩を落とし、菜緒はとぼとぼと廊下を歩き出した。

死んでしまっているなら、もう有本菜緒には戻れないのだろうか。

もう一度やり直せるなら、今度こそ、今度こそ一歩を踏み出して挨拶を返すのに。失敗しても、挑戦し続けようと思えるのに。

気がついたら階段を上って、一番上まで辿《たど》り着いていた。

屋上へ繋《つな》がる扉に手をかけてみると、鍵《かぎ》はかかっていない。そのまま開けて、菜緒は屋上に一歩踏み出した。

ふと、何か音が聞こえて足を止める。

顔を上げた菜緒の視界に、青い空と、その下でサクソフォンを練習している女子生徒の姿が飛び込んできた。風に制服のスカートを揺らされながら一生懸命練習しているのは、同じミナミコアリクイのようだ。

彼女を見た途端、なんとなくクラスメイトだとわかった。

立ち去ろうとしたが、なぜだか足が動かない。

恐怖からではなくて見惚《みほ》れているのだと気づいても、体は動かなかった。

知らない曲だが次第に終わりに近づいている気がする。集中しきっている彼女はまだ菜緒の存在に気づいていない。

今のうちに行こうと思って体に力を込めた瞬間、曲が終わった。

サクソフォンから口を離して顔を上げた彼女と、逃げ損ねた菜緒の視線が交差する。

誰かいるなんて思っていなかったのか、彼女は目を丸くした。

そしてクラスメイトだと気づいたのだろう。少し照れくさそうにはにかんで、こちらへ向かって歩いてきた。

「屋上はいつも誰も来ないから、全然気がつかなかったよ。おはよう」

真っ直ぐ菜緒を見て、彼女は大きな声で挨拶をしてくれた。

今回は疑う余地もない。

間違いなく、菜緒に話しかけてきている。

返さないと。

ちゃんと返さないと。

そう思うのに体は緊張で固まって、口が動かない。これ以上無言でいたらいけないと思うのに「おはよう」の一言が出てこない。

次第に不思議そうな顔になっていく彼女を見て、焦りが増してくる。

気がついたら、背筋を伸ばし、両腕がピンと横に伸びていた。

なんで威嚇をしているんだろうと思っても、もう遅い。

びくりと一瞬体を震わせたクラスメイトは、顔を強張らせている。

「あの……ご、ごめん、なさい……」

どこか泣きそうな顔になって、彼女はサクソフォンを抱えて階段に向かって走り出した。

違う、そんな顔をさせたいわけじゃない。

威嚇なんてしたいわけじゃない。

だけど、あんな顔にさせたのも威嚇をしたのも、菜緒なのだ。

もうすぐ彼女は菜緒の横を通り過ぎ、弁解する機会も失ってしまうだろう。

先ほどやり直せるなら一歩を踏み出すと思っていたのはなんだったのか。

今できないなら、いつなら始められるというのか。

ここで勇気を出せなかったら、きっといつまで経っても変わらない。

変わるためには、自分で切り開くしかない。

だから、体が震えても、怖くても、一歩を。

「おっ……おっ……おはよう！」

こんな大きな声が出るのかと自分でも驚くほどの声が出た。

真横に来ていた彼女もびっくりしたように足を止めて、ゆっくりこっちへ顔を向ける。

まだ菜緒は両腕を伸ばした威嚇の姿勢のままだ。

だけど視線が合った瞬間、彼女がフッと噴き出した。

「そんな必死なおはよう、初めてだよ」

破顔したクラスメイトの顔を見てようやく、菜緒の体から力が抜けていく。

ああ、ちゃんと一歩を踏み出せたんだ。

これからもちゃんと踏み出し続けよう――そう心の中で誓うと、次第に視界がぼやけていく。

一体何が起こっているのか困惑する菜緒の世界は、真っ白に染まった。

目を開けると、CAFE PENGUINにいた。

両手で包みこんでいるマグカップの中には、まだティラミスラテが残っている。

状況が呑《の》み込めずに顔を上げたところで、カウンター内のマスターと目が合った。

「お目覚めですか？」

「え、あの、私……寝てたんですか？」

思わず周囲を見回すと、ミコや見習いペンギンの姿はなかった。

「ほんの僅かな時間ではありますが、意識がここになかったというのが正しいのかもしれません」

マスターに微笑んで言われると、そういうものなのかと妙に納得してしまう。

「私、ミナミコアリクイになる夢を見てて……あまりにも現実的だったから、こう、生まれ変わったのかと思ってしまいました」

他の誰かに言ったら笑われるのではと思うようなことでも、マスターには素直に口にできる。彼はきっと、菜緒の言動を笑ったりはしないと信じることができる。

「菜緒さんは違いますよ。きっと、ミコさんの記憶を覗《のぞ》いたのでしょうね」

「ミコさんの、記憶……」

反芻《はんすう》してみると、ストンと胸に落ちていく感覚があった。

あれはミコが初めて勇気を振り絞って挨拶を返した日、なのかもしれない。

「そっか、ミコさん、すごく頑張ったんだ……」

あの体の緊張はミコのものだったのだ。

それに必死で抗《あらが》って、彼はちゃんと挨拶を返せていた。

「そうですね、すごく勇気を出したはずです。だからこそ今、ああやって菜緒さんに助言できるような彼になれたのでしょうね」

「私も、勇気を出して頑張りたい……」

自然と零《こぼ》れた言葉にマスターが目を細めた。その目は優しくて、菜緒の背中を支えつつ押してくれるような気がする。

「今は七時半です。登校するには、ちょうどいい時間ですね」

確かに今から行けば学校に着くのは、遅すぎも早すぎもしない時間だろう。

鞄《かばん》を手にして、菜緒は静かに立ち上がった。

「色々とありがとうございました」

会計を済ませた菜緒が頭を下げると、マスターが穏やかな顔で口を開く。

「忘れないでください、菜緒さん。貴女《あなた》が踏み出す一歩は、たとえ失敗したとしても大事な一歩であることに変わりありません。頑張ったことで変わる未来は必ずありますよ」

「はい……」

真剣な顔で頷《うなず》きながら、なんとなく菜緒はもうここには来られない気がした。

もうマスターのちょっと面白い笑顔や、見習いペンギンのもふもふした可愛らしい姿を見ることも、美味しいラテなどを飲むこともできないのだろう。

考えるとすごく寂しい。

だけど、彼らから貰《もら》った勇気はきっと消えない。

「行ってきます」

「行ってらっしゃいませ」

マスターの声を背中で受け止めて、菜緒は店の外に一歩踏み出した。

この気持ちが消えないうちに学校に行きたい、そう思ったら足は止まることを知らないようにどんどん動いていく。

頑張らないままわかってもらえないなんて言っていても、何も変わらないのだ。

まずは、勇気をもって踏み出すこと。

失敗しても、また踏み出すこと。

二年生になって初めて立ち止まらずに学校に到着した菜緒は、上履きに履き替えてから教室に向かった。

もう隣の席の一華は来ている。

心臓がうるさいくらいにバクバク鳴っている中、自分の席へと進んでいく。

「あ、有本さん、おはよう」

鞄を机に置こうとした瞬間、一華が笑顔で挨拶《あいさつ》をしてくれた。

今だ。

勇気を振り絞るんだ。

頑張ったミコさんと、ペンギンたちの優しい言葉を思い出しながら、菜緒は拳《こぶし》をギュッと握る。

「おっ……おはよう！」

ミコに負けないくらい大きな声が出て、一瞬教室が静まり返った。

一華も驚いて呆然《ぼうぜん》としているようだ。

やってしまったかもしれない。

だけど、これは勇気を振り絞った結果だ。

下を向いて席に着こうとする菜緒に、誰かがフッと笑う声が聞こえてきた。

恐る恐る顔を上げると一華が笑顔でこちらを見ている。

「そんな力いっぱい挨拶されたのは初めてだよ！」

楽しそうに言われて、菜緒の体から力が少し抜けていく。もう教室内には何事もなかったかのように賑《にぎ》わいが戻っていた。

「お、おはよう……」

「うん、おはよう有本さん」

改めて挨拶すると、一華も律義に返してくれる。

それだけのことなのにとても嬉《うれ》しくて泣きそうになってきた。

「あのね、実はずっと有本さんに訊《き》きたいことがあったんだけど、いい？」

「え、え……う、うん」

人懐こい顔と口調で座っていた体をこちらに向ける一華に、戸惑いながらも頷いた。

「有本さん、毎日のように土手で柴《しば》と走ったり、座ってたりするよね」

「えっ……う、うん」

全力で走る姿もだが、コテツに話しかけている姿すら見られていたのかと思うと、頬が一気に熱を持っていく。

だけど、そんな菜緒の前で一華はとても嬉しそうに目を細めた。

「やっぱり！　有本さんを見るたびに、ずっと話してみたかったの」

「え……」

「よろしくね、有本さん」

言葉を失う菜緒に、一華は花を咲かせるように笑ってくれた。


「菜緒ちゃん、大丈夫かな……」

床の上で犬の横に座りながら、見習いペンギンがぼんやりと宙を見上げた。そのまま横にある頭を撫《な》でると、どこか迷惑そうに犬が顔を上げる。

「大丈夫ですよ。そういう目をしていましたし、きっと今日がダメでも、菜緒さんならまた勇気を出せるはずです」

「だよね、僕もそう思う。足りなかったのは、あと少しの勇気だったもんね。だって菜緒ちゃんはこの後友達もできて、それから……」

マスターの言葉に頷いたあとで、見習いペンギンは面白くなさそうな表情の犬と視線を合わせる。

「そんな顔しないでよ。もちろん君がいたから菜緒ちゃんは頑張れたんだよ、コテツさん」

言われて、黒柴のコテツが後ろ足で耳の後ろを掻《か》いた。

四杯目　思い出とカフェ・ロワイヤル

最初の記憶は、母親の温かい体温に包まれる感覚だ。

何匹かの兄弟の中で一番体の小さかったコテツは、よく転がされていた。何度も何度も転がされて遠くに置き去りになってしまうと、母親が首根っこを咥《くわ》えて小屋の近くに戻してくれる。

もう少し強くなれたらなあと思う反面、皆で過ごす時間は好きだった。

だけど、そんな日々は長く続かなかった。

ある日、サークルの中で兄弟と遊んでいると、飼い主以外の人間が上から覗き込んできた。

知らない匂い、知らない顔に戸惑っている間に、飼い主が兄を抱き上げる。

「わあ、かわいい」

知らない声が言って腕の中の兄を撫でていくと、兄も満更ではなさそうだ。

「本当に貰っていいんですか？」

「ええ、予想していなかったんで、むしろ助かります」

飼い主と知らない声の会話の意味は、よくわからない。

何をしているんだろうと思っているうちに兄は見えないところへ連れていかれ、そして帰ってこなかった。

母親は寂しそうに夜中ずっと鼻を鳴らし、コテツたちを舐《な》めまわした。その様子から、もう兄は帰ってこないのだというのだけを理解して、温かい中で眠りに就いた。

それから数日して、その人たちはやってきた。

飼い主よりも皺《しわ》の多い顔の人間と、隣のもっと若い人間がサークルを覗き込む。

「どの子もかわいいね」

若い人間が幸せそうに微笑んだ。

人間の顔はあまりわからないけど、なんだか嬉しい気がした。

「でも、この子はなんだか少し弱そうだな」

そう言った皺の多い人間は、コテツを抱き上げる。

「特に悪いところはないんだけどね、ちょっと貧相だよなあ。この子が最後まで残るかもなあって家内とも言っているよ。一応、子犬の数だけ引き取り手は見つけてはいるんだけど」

　飼い主が眉《まゆ》を下げて笑った。

　なんだろう、今度は見てもあまり嬉しくない顔だ。

　コテツの感覚は正しいのか、若い人間も先ほどとは打って変わり、どこか悲しそうな表情をしている。

「ふうん、ならうちはこの子にしよう」

　皺の多い人間が、ニヤリと笑う。

　今度はどこか見ていると安心できる顔で、コテツの尻尾《しっぽ》は自然と揺れていた。

「えっ……有本《ありもと》さん、いいんですか？」

「ああ。よく見たら目尻《めじり》が垂れて、愛嬌《あいきょう》のある顔をしているじゃないか。なあ菜緒《なお》、この子でいいだろう？」

「うん、お祖父《じい》ちゃん！　私、この子がいい！」

　若い人間が本当に嬉しそうな顔で笑う。

　その瞬間、自分がこの人たちと生きていくのだと、理解した。

　有本家にやってきて、まずコテツという名前を貰った。

前の家も温かい家だったが、有本家もよい家だ。

コーヒーの香りに包まれた家にはご主人とその奥さん、ご主人たちの息子とその奥さん、ご主人の孫の菜緒がいて、誰もがコテツをかわいがってくれる。

特にご主人と菜緒がコテツは好きだ。

コーヒー好きなご主人はこの家で一番偉い。

連れて行ってくれる散歩は大抵コーヒー豆を買いに行くためのものだが、穏やかに並んで歩くのは好きだ。それに、コーヒーの香りはコテツも結構気に入っている。もちろん飲んだことはないが、刺激は少ないのにとても深みがあって、嗅《か》ぐと穏やかな気分になれた。

菜緒は長い時間を共に過ごす相手で、兄弟のような存在だ。

コテツとよく遊んでくれて、夕方の散歩の時には全力で走ってくれる。ボール遊びや紐《ひも》遊びなど、楽しいことはだいたい菜緒に教わった。

だけど、有本家にもだいぶ慣れてきた頃から、菜緒の様子がおかしくなった。

寝起きがよかったはずの菜緒は、起きてから何度もため息をつくようになっていたし、何よりも顔が暗い。

心配になって声をかけてみても、菜緒には通じない。

その代わりコテツが散歩に誘っているのだと思って、連れ出してくれるようになった。

ただ、それが結果としてはよい方向に動いていく。

散歩で土手を走った後に寝転がった菜緒が、ある日言ったのだ。

「コテツ、私、学校で友達ができないの」

友達というのが最初わからなかったが、話を聞いているうちに学校でできる仲間のようなものだと理解できた。

「新しいクラスでね、挨拶《あいさつ》すらできないの。こんなんじゃダメだってわかってるけど、でも声が出ないんだ……」

大丈夫だよ、菜緒。

僕がついているよ。

そう言っても通じなくて、仕方なくコテツは菜緒の顔を優しく舐めた。いつか母親がそうしてくれた時、安心したのを覚えていたから。

「くすぐったいよ、コテツ」

想いが通じたのかはわからないが、菜緒は笑いながらコテツを抱きしめた。

温かくて心地よくて、コテツの尻尾が自然に揺れる。

僕が一緒に学校に行けたら、きっと菜緒を守ってあげられるのに。

それが叶《かな》わないなら、せめて僕は菜緒の話をいっぱい聞いてあげよう。一緒に走って、一緒に遊んで、いっぱい話そう。

心配しながらも毎日見送っていたある日、菜緒が満面の笑みで帰ってきた。

「聞いてコテツ！　今日ね、クラスに友達ができたの！」

菜緒の喜びが伝わってきて、コテツは嬉《うれ》しくなった。

と、同時に、どこか寂しさも感じていた。

コテツではない誰かが、こんな笑顔にした。

菜緒が離れていってしまうような気がして、複雑な気分だ。

そんな心中に気づかない菜緒が、コテツに抱きついてくる。

「ずっとコテツが聞いてくれたから、勇気出せたんだよ。それにね、一華《いちか》ちゃんがたくさん話してくれたのはコテツと一緒に土手を散歩しているの、知っていたからなんだよ。コテツかわいいって話で盛り上がれたの。ありがとう、コテツのおかげだよ」

体を離して、菜緒は泣きそうな顔で微笑んだ。

瞬間、コテツの中で罪悪感が膨らんでいく。

ごめん、菜緒。すごく勝手なことを考えて。

コテツが謝意を込めて顔を舐めると、菜緒が笑った。

やっぱり、この笑顔は好きだ。

見ているだけで幸せな気分になれる。

ずっとそばでこの笑顔を守っていきたい、そう思った。


そう思っていたけど、やはり誘惑に勝てない時もある。

有本家で暮らして何年も経ったある日のことだ。

菜緒との夕方の散歩が終わって、有本家では寝る準備が始まっていた。

ご主人から貰《もら》ったオヤツを堪能《たんのう》したコテツが小屋に戻った瞬間に、首の辺りが急に軽くなるのを感じた。

なぜそうなったのかわからず地面を見ると、鎖が落ちていた。

この鎖は、散歩から帰るとリードから付け替えられるものだ。いつも帰宅した菜緒や他の家族に飛びつこうとしては邪魔をしてくる、いけすかない鎖だ。

それが落ちているということは、どういうことなのだろう。

地面に落ちたまま動かない鎖を、じっくり見たり臭いを嗅いだりしてみる。急に動き出すのではないかと警戒していたが、鼻先で突いてみても前脚で踏んでみても鎖は動かなかった。

しばらく鎖の前に座って、ジッと観察を続けてみる。

やはり動くことはなく、コテツは考えた。

これが自分に付いていないということは、本当にどういうことなのだろう。

いつも遠くまで行くのを阻む鎖がないのであればどこまで行けるのかと思い、少し歩いてみることにする。

普段なら鎖に引っ張られて邪魔される、門の前まですんなりやって来られた。

おや、とコテツは一度座って首を傾げる。

これはどこまでも行けるのではないだろうか。

考えながら庭を走り回ってみるが、どんな端まで行ってもやはり鎖はついてこない。

なんだかとても楽しくなってくる。

生まれて初めて味わう、開放感かもしれない。

そう思っていたが甘かった。

走った勢いで家の塀の代わりにしている生垣に顔を突っ込んでしまった時に、外の世界が見えてしまったのだ。

もしかして、今なら外を自由に走り回れるのではないだろうか。

もちろん菜緒と一緒に走るのは大好きだ。しかし、いつもまだまだ走り続けたいと思っていた。その機会が、今目の前にある。

考え出したらもう止まれなかった。

軽く地面を掘り、生垣の外へ体を出していく。何度か掘り直してみて、ようやく体が全部出た。

もうすっかり夜の空が広がり、街灯と街灯の間に白く光る月が浮かんでいる。

こんな時間だからか、周囲に人の気配はない。有本家だけでなく、他の家も皆寝る準備に忙しいのだろう。

いつもの散歩の時とはまるで違う雰囲気に、コテツは楽しくなってきた。

それに、今はリードも鎖もない。

誰にも邪魔されずに走れるのだ。

はやる気持ちを抑えながら、コテツは跳ねるように歩き出した。

しばらく警戒しながら歩いてみたが、大きな音を出す車やバイクが近くにいないとわかってきた。これは走ってみてもよいのではないだろうか。

まず軽く走り出す。

体が春の夜風を切り、とても心地がよい。

段々速度を上げていくと、景色が目まぐるしく変化し始めた。誰にも止められることなく走り続けられることに興奮して、とにかくコテツは走っていく。

途中、大通りに出た時には行き交う車に驚いたが、そこさえ抜けてしまえばこっちのものだ。再びコテツは疾走した。

これまで感じたことのない限界まで、自分だけのペースで、行けるところまで、とにかく走り続けていく。

そしてようやく体が疲れを感じてきた頃、木々が生い茂る公園に辿《たど》り着いた。

ご主人とも、菜緒とも来たことのない公園に少し戸惑いも覚えたが、好奇心の方が勝る。人間の匂いもほとんどなく、ここはきっと走り放題なのだと理解できた。

まずは草の匂いのする方へ一目散に向かう。

目当ての芝生に辿り着いたコテツは、無我夢中で駆け回った。それから草の上で仰向けに寝転がってみると、最高の開放感だ。

次は林の中を駆け回ってみる。

林の中は嗅いだことのない匂いの情報がたくさんで、処理が追いつかないほどだ。様々な小動物の匂いや、草花の匂い、それから人間が忘れていった細々したものまで、知らなかった匂いばかりだ。

これまでどれほど自分の世界が狭かったのか、思い知らされる。

しかし、初めてのことはそれで終わらなかった。

泥に飛び込んでひとしきり背中をゴロゴロさせて楽しんでから、別の場所へ移動しようとした瞬間、前脚に痛みが走った。

驚きのあまり、思わずコテツは足を止める。

伏せの体勢になって左前脚を確認してみても、よくわからない。痛みのあるところを舐《な》めてみると、変な味がした。

なんでこんな変な、まるで鎖を舐めた時みたいな味がするんだろう。

立ち上がって歩こうとしたが、やはり痛みがあった。

もう走れないことを理解した途端、急に帰りたくなってきた。

自分の小屋で寝て、起きてきた菜緒と一緒にご飯を食べて、ご主人と緩やかな散歩に出かけて、それからまた少し眠りたい。

家の方向を確認しようと、座ってから鼻を上に向けて匂いを嗅いでみる。だけど、どこからも家の匂いはしない。

少し不安になったが、それよりも段々眠くなってきた。

今日はもう寝て、起きてから家の匂いを探そう。

そう決めたコテツは、少し柔らかそうな土の上まで足を引きずりながら移動する。そこで体を丸め、目を閉じた。

しばらくして、どこからか漂ってきたコーヒーの香りに目を覚ます。

どれくらい寝ていたのかわからないが、周囲はもう明るくなっていて、コテツのいる場所にも木漏れ日が差し込んでいた。公園内にも人の気配が増え、何匹かの犬の匂いもしている。

朝だしそろそろ帰ろうと思い、立ち上がろうとしたコテツの左前脚に、夜と同じ痛みが走った。

これは帰るまで苦労しそうだと思っていると、近づいてくる足音に気づいた。

顔を上げると、人間の女の人がゆっくりこちらへ向かってくるのが見えた。

「……犬？」

悪意のなさそうな様子に思わず尻尾《しっぽ》が揺れる。

「こんなところでどうしたの？　飼い主さんは？」

女の人が優しく話しかけてくる。

足が痛いのと心細かったのもあって、コテツの尻尾はますます揺れていった。

「飼い主さん、いないの？」

何かを探すように女の人は周りを見回したあとで、タオルを腕に巻きつけてからコテツに手を伸ばしてくる。

「怪我《けが》、しているのね」

撫《な》でられて目を細めていると、女の人がコテツの前脚に視線を移して呟《つぶや》いた。

それから女の人はコテツの首輪を丹念に確認していく。何をされているかよくわからないが、この人間は悪い人間ではないとコテツの中の勘が告げているので大人しくすることにした。

「どうしよう……でも、放っておくわけにはいかないし」

不安そうな声を出されたので大丈夫だと伝えたくて、人間を見る。

通じたのかはわからないが、気がつけば女の人はコテツを抱えて歩き出していた。

連れて来られたのは、動物病院と呼ばれる場所だった。

何度か注射とかいうので連れて来られたことがあるが、いつもご主人と菜緒が一緒だったし、先生と呼ばれる人間も優しかったし、嫌いな場所ではない。

もちろん注射は痛いし嫌いだけど、終わったら菜緒が泣きそうな顔で喜んでくれるし、コテツのためなんだと何度も言うので、受け入れることにしている。

「あれ、綾乃《あやの》先生、犬飼ってたっけ？」

別の人間に話しかけられながらも、女の人は狭い部屋へコテツを連れて行った。

台の上に置かれると、ついてきた別の人間の方に抱きかかえられて少しびっくりする。けど、人間に抱きつかれるのは嫌いじゃない。

「ちょっと痛いと思うけど、すぐだから我慢してね」

痛いって、注射とかいうやつみたいなのか。

好きではないから早くして欲しいな、と思っているうちに左前脚を女の人が触っていく。少し痛かったけど、我慢できないほどではなかった。

「縫うほどではないし、歩行にも問題なさそう」

「あらあ、よかったわねえ柴《しば》ちゃん」

コテツを抱きかかえている人間が、腕の力を少し強めた。人間の温かさが伝わってきて、なんだか嬉《うれ》しくなってくる。

「この子、相当可愛《かわい》がられているのね。こんなに人懐っこいなんて。しかもここ、病院よ」

「本当ですよね。きっと注射とかも大丈夫な子なんでしょうね」

注射は、菜緒のために頑張っているだけだ。

でもコテツだけでなく、まるでご主人や菜緒も褒められているような気がして、誇らしい気持ちにもなる。

それからシャンプーをしてもらった。

菜緒のお父さんがしてくれるのが一番力加減的に好きなのだが、ここでのシャンプーもなかなか悪くない。

ドライヤーとやらで乾かされて、昨日泥まみれにした体がすっかり綺麗《きれい》になった。これなら菜緒たちも喜んでくれることだろう。

「なんだ、急患だったのか?」

男の人が部屋に入ってきた途端、コテツを世話してくれていた二人に緊張が走った。

なんだ、コイツは悪い人間なのか。

警戒しながら観察してみるが、この男の人からはまるで悪意を感じられない。

むしろこちらを見る目からは優しさが溢《あふ》れていて、これまで以上にコテツはリラックスした気持ちになってくる。

人間たちが少し揉《も》めているようだが、ここには悪い人間はいないからきっと問題ないだろう。

そう思ったのに、人間たちの話はなかなか終わらない。マヨイイヌとか、チリョウとか、ヤギュウとか、インチョウとか、コテツのわからない話ばかりだ。

そのうち男の人が部屋から出ていき、コテツをここまで連れてきた女の人も出ていった。

「怪我もしているし、しばらくケージの中でおとなしくしていてね」

ずっとコテツに抱きついていた人間がそう言ったかと思うと、別の部屋へと運ばれていく。そしてたくさんのケージが並ぶうちの一つに、コテツは入れられた。

周りからは犬や猫などの匂い、それからなんだかあまり嗅《か》いだことのない匂いが漂ってくる。

知らない、狭い場所に閉じ込められたものの、これまで会った三人は悪い人間ではない。それに、脚の痛みもだいぶ引いてきたことで、気分も悪くない。

とりあえず今は待とう。

寝て起きたら有本家に帰れると信じて、コテツは一度目を閉じた。

病院内から人の気配がほとんどしなくなった頃、ドアの開く音でコテツは目を開けた。

暗くなったと思っていたが、薄暗い明かりがつけられているようだ。

カチャッと音がして、朝の男の人が手を伸ばしてきたかと思うと、抱き上げられた。そのまま室内の台の上へ、コテツは丁寧に置かれた。

「処置は、よさそうだな」

コテツの左前脚の包帯を一度取り、確認したあとで元に戻していく。

「お前はいったい、どこから来たんだ？」

台の前の椅子に座って、男の人はコテツに尋ねてきた。

有本家です、と答えてみたものの、やはり伝わってはいないようだ。

「やはり、朝は言い過ぎたよな……」

男の人が大きくため息をついて頭を抱える。

「どうも人間相手には上手《うま》く話せなくて、いつも必要のないことまで言ってしまう」

どうやら彼は何かに悩んでいるようだ。

そういえば、すっかり忘れていたけど、菜緒もよく昔は悩んでコテツに零《こぼ》していた。今でもたまに色々と相談してくるが、それでも昔のような悲壮感漂う顔はもうしていない。

目の前の男の人は、昔の菜緒を彷彿《ほうふつ》とさせる。

あの時コテツは何をしただろうかと考えて、台の上に置かれた男の人の手の上に右前脚を優しく載せた。

大丈夫、貴方《あなた》はいい人間だから、きっと大丈夫。

想いが通じたのか、男の人は顔をゆっくり上げた。

「なんだ、撫でて欲しいのか？」

残念ながら、驚くほど通じていなかった。

だけど男の人は微笑みながら、コテツを丁寧に撫でていく。その手つきがあまりにも素晴らしく、コテツは眠りに落ちてしまいそうになる。

「いい顔するなあ……」

しばらく撫でまわして毛並みを堪能《たんのう》したあと、男の人は元のケージへコテツを戻した。

「よし、俺もできることをやるか」

よくわからないけど、彼もやる気を出したようだ。

とりあえず先ほど引き出された眠気を受け入れて、コテツはまたひと眠りすることにした。

朝になると、見たことのない人間がやってきて明かりがつけられた。ケージの一つ一つを確認し、水を取り替えて朝食を入れていく。

コテツのところにもご飯の入った皿を入れてくれたので、遠慮なく食べることにした。

いつも食べているものとは少し違う味がしたが、悪くない。ボリボリと音を立てて噛《か》み、コテツはあっという間に完食した。

血が片づけられてから、コテツは自分の左前脚に気がついた。そういえば、脚の痛みは昨日よりも引いている。これなら家まで走って帰れるかもしれない。

あとは匂いを探すだけだと考えていると、コーヒーの香りがふわりと漂った。しかもこれは、有本家のコーヒーの香りだ。

思わず立ち上がった時、部屋の扉が開いて、昨日の女の人が入ってきた。

「飼い主さんが、来てくれたよ」

浮かんだのは、ご主人と菜緒の顔だ。それだけで無意識に尻尾が揺れる。

抱きかかえられて進んでいくと、どんどんコーヒーの香りが強くなってきた。間違いない、これはご主人の匂いだ。

「コテツ！」

ご主人の声がした。たった一日聞いていなかっただけなのに、ひどく懐かしい気がした。

「ああ、無事で本当によかった」

女の人からコテツを受け取ったご主人は、優しくコテツを抱きしめた。

帰り際、あの男の人が女の人に何か話しているのが見えた。何度か顔を赤くさせて男の人は忙しそうだったけど、なんだか皆いい顔をしていたので大丈夫だろう。

「お世話になったし、今度この病院にまた来ようか」

コテツがずっと見ていたことに気づいて、ご主人が言う。

またあの人間たちに会えるということか。

悪くないな、と思うとコテツの尻尾《しっぽ》が自然に大きく揺れた。

「コテッーッ！」

帰宅すると、まず菜緒が飛び出してきた。

ご主人からコテツを受け取り、ちょっと苦しいくらいに抱きしめる。見上げてみるといつも快眠の菜緒にしては目の下にクマができていて、どこか疲れた顔だった。

だから一度顔を舐《な》めたら、昔から変わらない顔で彼女が笑う。

他の家族も泣いたり涙目になったりして再会を喜んでくれて、ああここが自分の家なんだなと思った。

正直、ちょっと走りに行ったくらいの気分だった。だけど、あんまり心配をかけるものではないと、コテツはしみじみ思った。


そのうち、菜緒は社会人というものになった。

もう一緒に全力で走ることはほとんどなくなった。彼女の仕事が忙しくなって、休みの日に少し散歩するくらいしかできなくなったのだ。

その代わり、コテツを毎日散歩させるのはご主人の仕事だった。

たまにご主人の奥さんも一緒に、ゆっくり歩く。菜緒とよく走った土手や、コーヒー屋の近く、少し足を延ばした時は鳥町《とりまち》どうぶつ病院と、慣れた場所を緩やかな速度で歩いた。

いつの間にか走ることへの渇望もさほどなくなっていたコテツにとって、この散歩も悪いものではない。菜緒に会える時間が減ったのは寂しいが、その分ご主人と一緒に歩くのも好きだった。

公園でご主人がベンチに座ってコーヒーを飲み、コテツはその足元で水を飲む。

そんな日課の中で、ご主人がよくコテツに聞かせる言葉があった。

「俺に何かあったら、家族を頼むよ」

ご主人がコテツを撫《な》でる。

当然、ご主人に何かなくてもコテツは家族を、有本家をいつだって守るつもりだ。これまでだってドロボウという悪い人間を追い払ったり、菜緒に付きまとっていたおかしな人間だって追い払ったりした。嚙んではいけないと教えられていたので、仕方なく体当たりや服を引っ張っての対応だったが、近所でもコテツは有名な用心棒になっている。

だからいつもコテツは鼻先を少し上げて、任せろという顔をした。

するとご主人はそれを感じ取ってふっと笑う。

「さすがだな、コテツ。本当に、頼んだよ」

そう言うご主人からは、あまり嗅いだことのない匂いがするようになっていた。なんとも不思議な、強いて言えば動物病院で嗅ぐような匂いで、あまりコテツは好きではなかった。

匂いは日に日に増し、段々ご主人と散歩にでかける回数が減ってくる。

菜緒が週末のどちらかは必ず家で過ごすようになったのに、家の中はなんだかとても暗い。ご主人だけが変わらず穏やかな顔をしていた。

だけど、撫でる手の力が次第に弱くなっていることを、コテツは知っている。

それが何を意味するのか、わからなかった。

一緒に散歩に行けなくても力が弱くても、ご主人に撫でてもらうのは大好きだった。

「コテツ、散歩に行こう」

ある日突然リードを手にしたご主人に言われて、コテツは嬉《うれ》しいのと同時に少し戸惑った。

彼と最後に散歩をしたのは、結構前のことだったからだ。

慣れた手つきで鎖とリードを付け替え、ご主人はゆっくり歩き出す。コテツは速度を合わせて、寄り添うようにして横を歩いた。

行き慣れた公園へ行くのかと思っていたら、その手前で路地に入っていく。

初めは微《かす》かに鼻を掠《かす》めていたコーヒーの香りがどんどん強くなっていき、有本家よりも強くなったところでご主人が足を止めた。

初めて見る場所を見上げていると、ご主人はコテツを連れて中へ入っていく。普段コーヒーを買う時は外で待機するはずなのに、と不思議に思いながらコテツはついて行った。

「いらっしゃいませ」

コーヒーの香りが充満する中、なんだか心地のよい低い声がしたので、顔を上げてみて驚いた。

なんだ、この生き物は。

少し丸みを帯びた黒と白の体に、細長い手がついている。こんな動物、見たことがない。

クチバシがあるから、鳥なのだろうか。

鳥なのに、クチバシの下にリボンを付けている。だけど妙に似合っていて、少し羨《うらや》ましくなる。

コテツも首輪ではなくああいうリボンを付けたら似合うだろうか。

そんなことを考えながら、見たことのない鳥をジッと見つめていると目が合った。

「お話は伺っていますよ、コテツさん。はじめまして」

不思議な鳥がコテツに向かって頭を下げた。

「どうぞこちらへ」

なんだか礼儀正しい鳥だ、とコテツは思う。これまで会ったどんな動物より、どんな人間より、敬意を払ってくれている気がする。もちろん悪い気はしなかった。

「コテツさんもお席にどうぞ」

案内されて、カウンター席に座ったご主人の足元に待機しようとしたら、何やら違うらしい。ご主人を見上げてみると、穏やかに頷《うなず》いて隣の席を軽く叩《たた》いた。

仕方ないのでヒョイッと椅子に飛び乗り、座ってみせる。思った以上に座面は広くて、窮屈ではない。

「本日も、カフェ・ロワイヤルでよろしいですか？」

「今日は深煎《ふかい》りの方で、お願いします」

「かしこまりました」

ご主人の返事を待ってから、不思議な鳥はせわしなく動き出す。

背後に並んでいた瓶を一つ手に取り、中のコーヒー豆をスプーンで掬《すく》った。ジャラッと音を立てて豆を入れたのは確かミルと呼ばれる道具だ。あれで豆を細かくするのだと、前にご主人が言っていた。

ゴリゴリガリガリと音が響いて、コテツは少し懐かしく思う。最近、ご主人はすっかりミルを使わなくなった。それどころか、家でコーヒーを飲む時間すら減った。

最後に淹《い》れたのは、菜緒が初めて見る男の人を連れてきた時ではないだろうか。薄《うっす》らと嗅《か》いだことのある匂いを纏《まと》ったあの人間を、有本家は全員歓迎していた。まずそこが気に食わないし、何より菜緒と距離が近いのがすごく気に食わない。

だけど菜緒が幸せそうに笑うから、コテツは渋々受け入れることにした。いや、違う。とりあえず攻撃や威嚇はしないでおくだけだ。何かあればいつだってコテツは菜緒を守るつもりなのは変わらない。

コーヒー豆を挽《ひ》き終わった物を、鳥はドリッパーとご主人が言っていた物に入れた。それからいつも触ろうとすると怒られる、お湯をクルクルさせながら注いでいく。

ご主人と同じかそれ以上に滑らかな動きだ。

鳥ってこんなに動けるっけ。

不思議に思ったけど、コテツはついついジッと見入ってしまう。

出来上がったコーヒーをカップに入れ、カップの縁にかけたスプーンの上に角砂糖を載せた。そこへ、何か芳醇《ほうじゅん》な香りのする液を掛ける。少し零《こぼ》れて、コーヒーに落ちていく。

一度手を止めた鳥が店の奥に入っていったかと思うと、突然店内が暗くなった。

カチッと音がして点《つ》けられた火がスプーンに近づけられ、青い炎が点く。

誰もが黙ったまま、スプーンの上で燃える青を見つめていた。

青い炎に照らされたご主人の顔は穏やかだけど、なぜか消えてしまいそうな雰囲気でコテツは不安になってくる。

ここに置いて行かれたらどうしよう、なんて考えているうち、次第に炎が小さくなり、やがて消えた。

鳥が動いて、また店内が明るくなる。

「いただきます」

丁寧に言って、ご主人がスプーンをコーヒーの中に落とした。

かき混ぜられることで、液体が沁《し》み込んでスプーンに広がっていた砂糖はすっかり溶けたことだろう。

「コテツさんはこちらをどうぞ」

ご主人が一口飲み始めた頃、鳥がコテツの前にビスケットを差し出してきた。

骨の形をしているビスケットからはなんだかいい匂いがしてきて、唾液《だえき》が出てくる。だけどご主人の意向を聞かねばと、見上げるとすぐに目が合った。

「ありがとうマスター。コテツ、食べていいよ」

許可が貰《もら》えたので、皿に載せられていたビスケットを咥《くわ》えた。サクサクと音を立てて嚙《か》んでいけば、ほんのりとした甘さが口の中に広がっていく。程よい食感と優しい味、これは最近食べたオヤツの中で一番美味《おい》しいかもしれない。

「美味しい……やはり、ここのカフェ・ロワイヤルは美味しいな」

「恐れ入ります」

「コーヒーとブランデーのコクや香りが調和して、贅沢《ぜいたく》な一杯だよ」

「ええ、私もそう思います」

「ブルーマウンテンで淹れてもらう絶妙なバランスのカフェ・ロワイヤルも美味しかったが、この深煎りのブレンドで淹れた一杯の方が今日の気分にはぴったりだ」

深い息を吐いてご主人がしみじみと言う横で、コテツはビスケットを味わう。

「コーヒーの深い香りとブランデーの香りが溶け合っていて、それぞれのコクと砂糖の甘味がまるでデザートワインのようで濃厚な一杯だね。けれどコクもまろやかさもあるのに後味はどこかすっきりしていて、本当に美味しいよ」

「締めくくりの一杯には最高ですね」

「ああ、本当に」

気がついたらお皿についた小さな欠片《かけら》まで舐《な》めとり、きれいに食べ終えていた。

どうやらご主人も飲み終わっていたらしく席を立ったので、コテツも席を下りる。

「マスター、ごちそうさま。今日が最後だと思うから、もしもこの子が来た時にはよろしく頼むよ」

「ええ、もちろんです」

ご主人の言葉の意味はわからないが、鳥は柔らかい声で快諾した。

「色々とありがとう……おかげで、準備ができたよ」

「いえ、こちらこそ。有本様とお話しさせていただくのはとても楽しかったです」

鳥の返事にご主人が嬉しそうに頬を緩めた。

「それじゃあ失礼するよ」

「はい、行ってらっしゃいませ」

店を出る前に振り返ると、マスターと呼ばれていた鳥が深々と頭を下げていた。

そして、次の日にご主人は冷たくなった。

最後の散歩をしてくれたこと、あの鳥のコーヒー屋に連れて行ってくれたこと、それはコテツにとってとても大きな宝物の記憶だ。

もっと一緒にいたかった。

あのしわくちゃな手でもっと撫《な》でて欲しかった。

だけど、僕はご主人の代わりに、皆を守らないといけないんだ。

有本家に暗い空気が流れていたけど、僕は一生懸命皆を元気づけた。

奥さんだって、菜緒だって、菜緒のお父さんお母さんだって、ついでに菜緒と一緒に来る大樹《だいき》とかいう人間だって、全員を僕が守るよ。

ご主人と約束したから、いつか胸を張ってご主人に報告できるくらいに頑張るんだ。


あれから何年経ったのか、いつの間にか菜緒はコテツと一緒には暮らさなくなった。

時折一人で帰ってきたり、あの大樹とかいう人間と一緒に帰ってきたりしてくれたが、会える時間はかなり減ってしまった。

初めは気に食わないと思っていた大樹だったが、少しご主人を思わせるような穏やかな空気を持つ人間で、今では嫌いじゃない。縁側でコテツがのんびり過ごしているとそっと横に座ることが多く、たわいもない話から相談事までしていくようになってきた。

菜緒のお父さんお母さんは働いているし、最近一番一緒に過ごすのはご主人の奥さんだ。

ご主人を亡くしてからしばらくは表情も暗かったが、ここ数年は趣味をいくつも見つけたらしく明るくなってきた。眠っていたご主人のコーヒー用品を綺麗《きれい》にして使い出しただけではなく、編み物や裁縫も楽しんでいる。

またコーヒーの香りが嗅げるようになったのは嬉《うれ》しかったが、たまにコテツ用の服を作って着せようとするのには参った。でも、奥さんの作ったクッションやブランケットは結構好きだから、たまに服も着てあげることにしている。

散歩も、奥さんが連れて行ってくれることがほとんどだ。奥さんはとてもゆっくり歩くが、今のコテツにはそれで十分だった。家からは見えない景色を見るだけで、楽しい。

だけど、それも最近だんだん億劫《おっくう》になってきた。

少し歩くと疲れるし、何より眠いのだ。

ご飯を食べる時と散歩に行く時以外は、ずっと寝ていたい。

それでも、ちゃんと家族のことは守らなければと、寝ていても聞き耳を立て、おかしな音がしたら飛んでいくようにしている。

もう少し、ご主人くらい頼りがいのある誰かがいればいいのに、とコテツは日々思っていた。

ある日、縁側で春の日差しを浴びながら寝ていたコテツだったが、気がついたらあのコーヒー屋に来ていた。

嗅いだことのあるコーヒーの香りと見たことのある風景、何よりあのマスターとかいう鳥がいたので、ご主人と一緒に来たところだとすぐにわかった。

「いらっしゃいませ、コテツさん。お久しぶりですね」

前と変わらない姿で、変わらない声で、マスターが言う。

「どうぞ、こちらの席へ」

あの時と全く同じ席に案内されて、コテツは飛び乗る。こんな高いところまでは飛び上がれないと思っていたが、思った以上に体は軽かった。

キョロキョロと店内を見回してみても、他に客はいないようだ。そういえば前回も誰もいなかった。

「わあ！　新しいお客さん？」

もしかして儲《もう》かっていない店なのでは、と考えていたところで、店の奥からずいぶんと高い声が聞こえてくる。

「いらっしゃい。メニュー見る？」

近寄ってきたのは、マスターとはまたずいぶん毛色の違う鳥だった。近所のトイプードルのイブちゃんに似て茶色くほわほわした体だが、クチバシが伸びているので多分鳥だ。

人懐こそうな雰囲気と落ち着きのない動きから、若そうであることはわかった。大きさはマスターより大きいが、犬だって犬種によっては幼くても大きいから、そういう感じなのだろう。

「コテツさんには必要ありませんよ。例のビスケットをお出ししてください」

マスターがビスケットと口にした途端、コテツの口の中に唾液が分泌《ぶんぴつ》されていく。

もう何年も前のことなのに、あの味が思い出された。

「あ、コテツさんか！　確かにその目と耳はコテツさんだね。ちょっと待ってて」

若い鳥が去っていく。

ビスケットを用意してくれるのだろうか。

考えるだけでコテツの尻尾《しっぽ》が自然に揺れていく。

「お待たせ」

骨形のビスケットが二つ、お皿に載せられてコテツの前に置かれた。

コーヒーとは違う芳《こう》ばしさが鼻先をくすぐっていき、ますますコテツの唾液の分泌は盛んになっていく。

「どうぞ、お召し上がりください」

マスターが言うので、コテツはまず一つ目を口に入れた。

そして、目を見開く。

サクサクとした食感はあるが、どこかしっとり感と濃厚さがあり、以前よりも甘味が強い。かといってくどいわけではなく、ちょうどよくて、つまり、美味しい。

尻尾が豪快に揺れて、椅子にバシバシあたる感触がした。

「気に入っていただけたようですよ、見習い君」

コテツの様子を見て、マスターが目を細める。

すると、横でジッと見ていた見習いと呼ばれた鳥が、嬉しそうにぴょんぴょん跳ね出した。

「本当？　よかった！　マスターが言っていたレシピにバナナを入れてアレンジしたんだ」

なるほど、この濃厚さはバナナによるものだったのか。

もう一つ残っているビスケットを口に入れて、再び味を楽しむ。今度は意識したせいか、バナナの風味をしっかりと感じることができた。

美味しいと伝えるために見習い鳥の方を見ると、彼は再び顔を輝かせる。

「よかった！　コテツさんが来るって聞いてたから、ちゃんと準備しておいたんだ」

見習い鳥が目を細めながら、羽をパタパタと上下に振った。

コテツはここに来るつもりなんて全くなかったのに、なぜこの鳥たちは知っているのだろう。

疑問に思ったところでマスターと目が合った。

「コテツさん、カフェ・ロワイヤルをお飲みになってみませんか？」

カフェ・ロワイヤルという言葉を、正直今まで忘れていた。だけどこのマスターの声で言われた瞬間、ご主人が最後に飲んだコーヒーだと思い出した。

コーヒーなんて飲めないし、犬が飲んでいいものではないはずだ、そう考えながらマスターと視線を合わせる。

「そうですね、本来であれば人間と暮らす犬の皆さんが飲むべきものではありません。ですが、今のコテツさんは別です」

言っている意味がよくわからなくて、コテツは首を傾げた。

「とりあえず、淹《い》れてみましょう」

そう言って、マスターが背後の棚から瓶を一つ取り出した。

コーヒー豆を一掬《すく》い分、ミルに入れる。ゴリゴリと音が店内に響き、濃いコーヒーの香りが漂い始めた。ゴリゴリガリ……懐かしい音に、コテツは思わず目を閉じた。まるでご主人がそこにいるみたいな感覚がする。

コーヒーの芳ばしい香りに目を開けると、マスターがお湯を注ぎ終わるところだった。出来上がったコーヒーをカップに入れ、その縁にスプーンをかけた。

よく見ると、スプーンは先端が縁に引っかかるように鉤状《かぎ》になっている。

「こちらはカフェ・ロワイヤルスプーンと言いまして、このカフェ・ロワイヤルを飲むために作られたものなのですよ」

コテツの疑問を察したように、マスターが言う。

このコーヒーのためだけに作られたスプーンだとは想像していなかったコテツは、驚いて目を丸くした。

「ナポレオン・ボナパルトもカフェ・ロワイヤルを愛飲したとも言われていますからね、長年愛された結果、作られたのでしょう」

ナポレオン・ボナパルトとは誰のことだ、と思ったが、そういえばご主人が昔教えてくれたことを思い出す。

確か、いくつかご主人の好きな名言というものがあったはずだ。それを菜緒とコテツによく話してくれていた。

スプーンの上に角砂糖を載せ、そこへ茶色の液をかけた。芳醇《ほうじゅん》な香りは、あの時嗅《か》いだものと同じだ。

「こちらはブランデーになります。ブランデーは主に白ブドウなどの果実を蒸留したものを、五年から八年ほど熟成させて作られます。果実から作られるため、とても芳醇な香りを楽しめます」

説明しながらマスターが見習い鳥に視線を向けると、彼が小さく頷《うなず》いて、店内が暗くなった。

カチッと音がして点《つ》けられた火がスプーンに近づけられ、青い炎が点く。少しブドウのような果物の香りを立てさせながら、青白い炎は揺れていた。

コーヒーの芳ばしさに芳醇な果物の香りが混じり、溶け合い、心地よい香りがコテツの鼻に届く。

暗闇で青が、揺れている。

じっくり見つめていると、青い炎に照らされたご主人の顔が思い出された。

ああ、そうか。

僕はきっと、もうすぐご主人のところへ行くんだ。

なぜだかとても自然にそう思えて、コテツはひとり納得した。

このコーヒー屋に来た意味も、今カフェ・ロワイヤルを出された意味も、全ては旅立つまでの道順なのだ。

炎が消えて、店内の明かりが戻った。

改めて店内を見回すと、縁側で寝ている間、ここへ何回も来ていたことも今更ながら思い出す。

その際お客として来ていたのは、まだあどけなさが残った菜緒に、ちょっと前の綾乃先生に、それからつい最近の大樹という人間だ。

「お気づきに、なられたのですね」

マスターの言葉に、コテツは静かに頷いた。

初めて会った時から比べると、家族もずいぶん年を取った。

だけど、コテツだって同じように年を取っていた。

有本家に来て、何年が経ったのだろう。

ご主人との別れもあったけれど、菜緒が別のところに住むようになったけれど、コテツはずっと幸せだった。

「いい一生を過ごしたと、思っていらっしゃるのですね」

再び、コテツは深く頷いた。

家族はずっとずっと、コテツを大事にしてくれた。

道で会う人間も犬も、優しくしてくれた。

動物病院の柳生先生や院長や早瀬《はやせ》さんも、いつも温かく迎えてくれた。

大事にされたから、コテツも皆を大事にしようと思えた。

そうやって過ごせたことは、これ以上なく幸せなことだ。

だけど、まだ安心してご主人のところへ行ける気がしない。

ぼんやりしているコテツの耳に、カランッとドアベルの鳴る音が入ってきた。

「いらっしゃいませ。どうぞこちらへ」

ドシドシという足音に驚いてコテツがつい振り返ると、入店してきた客と目が合う。

大きな灰色の体に、大きな耳、なにより長い鼻が特徴のこの動物は、確かゾウとか言ったはずだ。けど、空色のワンピースを着ていて、人間のように後脚だけで歩いている。

「こんにちは」

挨拶《あいさつ》をされて、コテツも小さく頷き尻尾を一振りした。

ゾウが話すことに少し驚いたが、そういえばマスターも見習い鳥も話している。寝ている間に来られるようなコーヒー屋なのだから、そういうこともあるのだろう。

そして、大柄なゾウが座っても、カウンター席はびくともしない。

「ペンギンブレンドお願い」

「かしこまりました」

マスターが一礼して、背後の瓶を手に取った。

「あ、コテツさん、これ入れてあげるね」

いつの間にか横に戻ってきていた見習い鳥が、コーヒーカップの中にスプーンを入れてかき混ぜた。

再び、コーヒーの芳ばしさとともに先ほど食べたような焼き菓子のような香り、そしてブランデーのフルーティーな香りが立ち昇る。二つが混じり合って、爽《さわ》やかながらも濃厚な香りがコテツの鼻をくすぐっていく。

香りだけで、口の中に味が広がっていくようにすら感じられる。

コーヒーもブランデーも、ご主人が好きだったものだ。

懐かしさと共に、これからの不安がコテツの頭をよぎる。

「何か、不安をお持ちなのでしょうか」

ゾウにブレンドコーヒーを出してから、マスターがコテツに視線を向けた。

そう、不安だ。

有本家を残していかなくてはならないことに、寂しさよりも不安が勝る。

これまでずっと、コテツなりに有本家を守ってきた。それはご主人が『家族を頼む』と言ったからでもあるし、何よりコテツが家族を好きだったからだ。

だから、これから誰が有本家を守ってくれるのか、不安で仕方がない。

「なるほど。家族を託せる相手がいないと、思ってらっしゃるのですね」

コテツの心を読んだようなマスターが、静かに頷いた。

ご主人がコテツに託したように、託せる相手がいればきっと安心して旅立つことができるだろう。

大きく息を吐いたコテツは妙に視線を感じて顔を上げる。すると、奥の席に腰をかけたゾウと目が合った。彼女の優しい瞳《ひとみ》は、マスターのそれとどことなく似た雰囲気がある。

「割り込んでごめんなさいね。もしかして貴方《あなた》、旅にでも出るの？」

穏やかなゾウの言葉に、コテツは首を横に振った。

そしてマスターへ視線を向けて、自分の代わりに話してくれと頼んだ。

「わかりました」

マスターはそう言ってからゾウへと向き直った。

「フウ様、彼はもうすぐ天寿を全《まっと》うして、旅立たれるのです」

フウと呼ばれたゾウは一瞬目を丸くして驚いたが、すぐに長いまつげを伏せた。

「そう……そうだったの……それで、家族を託したいのね」

ゾウは心を痛めたような顔で、呟《つぶや》く。コーヒー屋で今初めて会った相手にここまで心を寄せられるとは予想外で、コテツは正直驚いた。

「けれど……きっとね、そういうのってなるようになるのよ」

柔らかく微笑むゾウの声は、コテツの心に語り掛けてくるかのようだ。

そのせいかだんだんと瞼《まぶた》が重くなり、眠くなってくる。

「私にも、覚えがあるの。突然群れのリーダーだったひいおばあちゃんが亡くなってしまってね、私はすごく不安だった。でもね……」

続きを聞きたい、そう思っても目を閉じてしまったコテツの耳には、もうゾウの声が入ってこない。

舟をこぐようにして鼻先を揺らしていたコテツは、気がつくともう完全に意識を手放していた。


目を開けると、コーヒー屋とはまるで違う所にいた。

見渡す限り続く草原のような場所に、コテツは立っていた。

また突然来たということは、ここは死後の世界なのだろうか。

草と、土と、わずかな木くらいしかない場所だな、と考えていると、周りに誰かがたくさんいるのがわかった。

皆、ゾウだ。

先ほどコーヒー屋で会ったフウとよく似たゾウが、全部で十頭以上いる。皆が動きやすい格好をして、リュックサックを背負っている。

なぜゾウに囲まれているのだろうと思い、ふと視線を下げた時だった。コテツも服を着ていることに気づいた。しかも、後脚だけで立っていて、靴を履いているではないか。

驚いて手を見てみると、周囲のゾウと同じような円柱型の手をしている。他のゾウたちと背丈が違うが、多分コテツは子ゾウなのだろう。

生まれ変わりというやつなのか、と思って誰かに訊《き》いてみたくなったが、とてもそんな雰囲気ではない。

重苦しいほどの空気の理由はすぐにわかった。

ゾウたちが円形になって囲む中心には、一頭のゾウが倒れている。彼女はリュックサックを背負っておらず、その代わり杖《つえ》がまるで寄り添うように横たわっていた。

コテツにもすぐ、倒れたゾウの先が短いことは理解できた。

誰もが彼女の老いには抗《あらが》えないとわかっていながら不安を隠せないという表情をして、見守っている。

「ひいおばあちゃんっ……！」

コテツよりも少し大きいゾウが横に座って、彼女の手を握った。

「まだ逝かないで、お願い……」

もっと大人のゾウが反対側の手を握り、涙を零《こぼ》す。

彼女がここにいるゾウたちにとってかけがえのない存在なのだと、他のゾウたちの表情からも読み取れた。

いるゾウは皆、家族のようだ。

どうやら中央にいる彼女は、一番の年長者なのだろう。

この雰囲気はコテツもよく知っている。ご主人が亡くなった時の有本家の空気とよく似ているのだ。

きっと彼女はこの家族の中心で、様々な話を聞いてくれたり、助言してくれたりしていたのではないだろうか。

そんな存在を失いそうな今、ゾウたちの動揺や悲しみが降り積もり、空気はどんどん重くなっていく。大人だと思われるゾウたちは沈黙し、すすり泣くゾウもいる。少し小さいゾウたちはさめざめと泣いていた。

「ずっとおばあちゃんが導いてくれたんだもの……おばあちゃんがいなくなったら、私……どうしたらいいかわからないよ……」

手を握るゾウのうち大きい方が、ボロボロと涙を零した。すると、堪《こら》えていた周囲のすすり泣きも次第に大きくなっていく。

皆が彼女へ静かに近づき、次々に膝《ひざ》をついた。

コテツもそれに続いて彼女に近づいていく。

ようやく彼女の顔がよく見えた。

その顔がご主人の顔と重なっていく。

ご主人は最期の時に、全てを受け入れていた。

今の彼女の顔はまさにそれだ。どこまでも穏やかで、運命を理解している顔だ。その表情には恐怖も後悔も悲哀もない。

彼女が円《つぶ》らな瞳を何度か瞬《まばた》きさせてから、フッと笑った。

「……酷《ひど》い顔ね」

その一言に、俯《うつむ》いていたゾウたちが静かに顔を上げる。

「大丈夫よ、私がいなくなっても……貴女《あなた》たちは大丈夫」

今にも消えてしまいそうな掠《かす》れた声なのに、なぜか力強くどこまでも響き渡るように聞こえた。

寄り添っている何頭かのゾウがそんなことないとばかりに首を横に振ったが、彼女の表情は変わらない。

「貴女たちは、皆成長しているのよ……昔とは違うの」

その言葉に、一頭の年配のゾウがハッとした表情になる。そして静かに中心に向かって足を踏み出した。

「ねえ、私が育て上げた子たちは皆……立派よね？」

優しい表情から優しい声が紡がれた。

誰もが言葉の意味を飲み込もうとする中、先ほどのゾウが膝をついて彼女の手をしっかりと取る。その瞳は強い光を宿していた。

「はい。貴女が導き、育てた私たちは、皆立派になりましたよ」

確固たる意志を感じられる声に、彼女が柔らかく笑う。

そうか、僕の家族たちは皆——考えるコテツの視界は、次第にぼんやりとしてきていた。


鼻先をくすぐるコーヒーの華やかな香りに、コテツは我に返った。

いつの間にかあのコーヒー屋で、カウンターに顎《あご》を載せたまま寝ていたようだ。

ゆっくり顔を上げるとマスターと目が合った。

それから店内を見回してみたが、もうゾウの姿は見えない。見習い鳥も今は店の奥にいるのか、見当たらなかった。

「何か、見えたものはありましたか？」

あれをどう説明したらよいのかわからず、コテツは小さく首を傾げた。

やたらと現実的だったあれは、夢なのだろうか。

夢の中だとしてもゾウになっていたなんて、マスターに理解してもらえるのだろうか。

しかしもう一度マスターと目を合わせると、彼は優しく頷《うなず》いた。

「なるほど。コテツさんが見てきたのは、アフリカゾウのリーダー交代の瞬間ですね。彼女たちは大抵十頭以上のメスと子どもで群れを作り、年長者をリーダーとして旅をし続けています。リーダーは、水のある場所や草のある場所まで皆を導き続けるそうですよ」

マスターの説明にコテツはひとり納得していた。

動物にとって必要不可欠な水の元へ導き続けた彼女は、特別な存在だったのだろう。

「カフェ・ロワイヤルを愛したナポレオン・ボナパルトが『リーダーとは希望を配る人のことだ』と言ったように、彼女は常に群れに希望を持たせ、次へ歩む力を生み出していたのでしょうね」

まるで見てきたようにマスターは語る。

「アフリカゾウは年長者を失うと、次の年長者がリーダーを引き継ぎます。その点はコテツさんの家族の場合と違うかもしれません。ですが、貴方の家族は今後、新しくやってくる家族を守れるよう、成長し続けるでしょう」

新しい家族と聞いて、どことなくコテツの中に寂しさが生まれていく。よい一生を過ごしてきたとはいえ、やはり家族との別れは寂しい。

「私も時折考えます。育て上げてきたこのカフェを、誰かに託せる日は来るのかと。小さな店ではありますが、この先も大事な人に飲ませる一杯を受け継いでくれる誰かに託せたら、これ以上ない幸せでしょうね。育《はぐく》んできた想いと質を、繋《つな》いでいけるというのは、本当に嬉《うれ》しいことですから」

マスターの言うことも、わかる気がした。

コテツも、家族を残していく不安はもうない。

有本家なら大丈夫だと思えた。ご主人が大事にして、コテツが大事にしたあの家族なら、これから先も穏やかに過ごしていけるはずだ。

「そろそろ、コテツさんも準備をしなくてはですね」

これからの自分を考えると、心の中の不安が大きくなった。最期を迎えたら、いったいどこに行くというのだろう。

「大丈夫ですよ、コテツさん」

心の内を読んだマスターがコテツに向かって微笑んだ。コテツがまだ小さかった頃のご主人の表情にどこか似ていて、なんだか安心する。

「次の場所で頑張ろうと思わなくても大丈夫です。きっと周りが助けてくれます。これまで、貴方《あなた》がそうしてきたように」

僕が、そうしてきたように。

戸惑いながらも席を立とうとしたコテツの耳に、カランッとドアベルの音が届く。

ふわりと漂うコーヒーの香りだけではなく、懐かしさのある匂いが鼻を掠めた。

もうずっと、嗅《か》ぐことのできなかった匂いだ。

振り向きたいのに、もしもこれが勘違いだったらと思うと、コテツの体は動かなかった。

「お迎えが来ましたね」

マスターの声で、まるで体の呪縛《じゅばく》が解けていくようだった。

振り向きながら座面を蹴《け》り、コテツは扉に向かって走る。

もうずっと走っていなかったのに、体はまるで子どもの頃のように軽かった。

だからコテツは全身全霊をかけて走った。

ずっと会いたかった、あの人の元へ。

五杯目　朝焼けのブレンドコーヒー

まだ朝焼けが空を彩る時間に、有本悦子《ありもとえつこ》は居ても立ってても居られずに外へ出た。

もう三月も終わりに近づいているとなれば、こんな冷え込む早朝でも吐く息は白くならない。

コートを羽織ってストールも巻き、散歩のつもりで悦子は自然公園まで歩こうと思った。

あそこからならいつ連絡があっても、すぐにタクシーが捕まるはずだ。

必要最低限の荷物を入れた鞄《かばん》を腕にかけ、スマホはしっかり手に握って悦子は歩く。

「こんなに寝られないなんて、やっぱり年のせいね」

ゆっくり歩みを進めながら、ふと考えた。

自然公園までの道をひとりで歩くなど、いつ以来だろうか。

夫が亡くなる前までは、夫とコテツと歩いた。

コテツが旅立つ前までは、コテツと歩いた。

ひとりになって歩く道はやはり寂しさを感じたが、それでも思っていたよりは暗い気持ちにならない。時が解決してくれただけでなく、新しい家族を迎えるという事実が心を沈み込ませないのだろう。

ほとんど人も車もいない交差点で、信号を待ちながら悦子は空を見上げた。先ほどよりも青い空が広がり、もう赤みはほとんどなくなっている。

昨晩の天気予報では雨だったのが嘘みたいな空は、今日という日を彼らが祝福してくれているのではないかと思えるほどだ。

彼らに愛された孫娘なら、きっと大丈夫だ。

わかっているのにやはり不安は消えず、こんな風に外を歩かずにはいられない。

あと二つ角を曲がれば公園というところで一度足を止めて、悦子はスマホを確認した。当然着信はないが、まだ六時にもなっていないことに驚かされる。

これでは公園に着いても長時間、待ちぼうけになるかもしれない。

いっそのこと、連絡がある前にタクシーで向かってしまおうか。しかしこんな早朝では迷惑にしかならないと、悦子はひとり首を振る。

どこかで時間を潰《つぶ》せないかと考えていた、その時だ。

懐かしさも感じる、馴染《なじ》みの香りが微《かす》かに鼻腔《びこう》をくすぐった。夫に影響されてすっかり愛飲するようになった、コーヒーの香りだ。

思わず周囲を見回してみて、一つの突き出し看板に気づく。『CAFE PENGUIN』と書かれたそれに吸い寄せられるように、悦子の足が向かっていった。

店の前に立った悦子はさらに強くなったコーヒーの香りの中で『OPEN』と書かれた札を見つけて、驚きを隠せなかった。

改めて店構えを確認すると深く渋い茶色、黒柿色の板が外壁に張られ、同じ木材の扉には小窓がついている。落ち着いた色味と木の温《ぬく》もりが、この店を物語っているかのように思えて、悦子は気がつけば取っ手に手をかけていた。

少し重たさのある扉を引き開けるとカランッとかわいらしい音が響き、コーヒーの香りに全身が包まれる。

「もう、開いているのかしら？」

少し薄暗い店内に不安を覚えて声をかける悦子の後ろで、扉が静かに閉まった。

「はい、やっておりますよ。どうぞこちらへ」

店の奥の方からよく響く、深く渋い声がする。

店員の姿は見えないがその穏やかな声色に誘われて、悦子はカウンター席へと向かった。

落ち着いた照明の店内には何席かのカウンター席、そして二人用テーブル席がいくつかあり、他に客は誰もいない。アンティーク調のペンダントライトが、綺麗《きれい》に磨き上げられたカウンターを照らし、外観と同じようにとても落ち着きのある内装になっている。

何よりも印象的なのは、カウンターの奥にびっしりと並ぶ瓶だ。コーヒー豆が入れられているようで、ペンギンの形をしたラベルが貼られている。

しばらく内装を堪能《たんのう》してから椅子に座ろうとしたところで、悦子は固まった。

カウンターの内側にいるのは、白と黒のコントラストが素敵なペンギンだ。

黒いおでこに白い顔、それから黒いクチバシと白いお腹の間の顎《あご》には一本の線が入っている。確かこれは孫娘の菜緒《なお》が大好きな、ヒゲペンギンという種のはずだ。

中学生の頃から柴犬《しばいぬ》の他にはヒゲペンギンとキングペンギンを愛し、ついには悦子と一緒にぬいぐるみまで作った。

あの時、ヒゲペンギンの胸元には蝶《ちょう》ネクタイが必須《ひっす》だと言われたのだが、ここにいるペンギンの胸元にもまさに蝶ネクタイがあるではないか。

不思議な感覚がしながらも、悦子は目の前のペンギンをまじまじと観察する。まさか本物ではないだろうが、それにしてもよくできたぬいぐるみだ。一緒に図鑑を見ながらぬいぐるみのための型紙を作り、生地も選んだからこそわかる。

あのまるで本物のように光沢のある体は、いったいどのような生地を使用したのだろうか。

「いらっしゃいませ。どうぞおかけになってください」

目の前で、ヒゲペンギンが羽でカウンター席を指し示す。ずいぶんと自然に、まるで生きているかのように動いたぬいぐるみに、悦子の目はますます釘付《くぎづ》けになった。

しかも今、声に合わせたようにクチバシが動いていなかっただろうか。

確かに動いていたように見えた。けれどペンギンが話すなんてこと、あるはずがない。

実はまだずっと布団で眠ったままで、夢の続きか何かなのだろうか。

頭は混乱するが、先ほどの声の柔らかさを思い出すと、座ってみようという気になってくる。

木製のカウンター席に腰をかけて、改めてヒゲペンギンを観察しようとしたところで、横から何かがやってくる気配に気づいた。

「メニューどうぞ」

「ありがとう」

かわいらしい声とともに差し出されたメニューを受け取って、悦子は目を見張った。

メニューを持ってきたのは、キングペンギンのヒナだ。しかも、白いエプロンをしている。

菜緒がヒゲペンギンのぬいぐるみを完成させた後で作ったのが、キングペンギンのヒナで、しかも白いエプロンをさせていた。

メニューを渡したキングペンギンのヒナは、よちよち歩いて店の奥へと戻っていく。その動きはどう見てもペンギンなのに、エプロンだけが非現実的で浮いた存在に見えた。

ここはやはり夢の中なのかもしれない。

きっと、菜緒のことが心配なあまり見ている夢なのだ。

それにしては本人が出てこないが、とりあえずこの夢を楽しんでみようと思えてくる。

一緒に回った水族館のことを思い出しながら、カフェを堪能しようと決めて、悦子はメニューを開いた。

「すごいわ……」

コーヒーの種類の豊富さに、驚かされた。

スペシャルティコーヒーと呼ばれる折り紙付きのコーヒーはもちろん、ブレンドも深煎《ふかい》り、中深煎り、中煎り、浅煎りと揃っている。生前の夫が見たら喜びそうなメニューだ。

様々な豆は魅力的だが、カフェで飲むならそこの顔とも言えるブレンドをまずは飲みたくなる。一番好きなのは中深煎りなので、ブレンドもそれを選ぶことにした。

「ペンギンブレンド、お願いできるかしら」

「かしこまりました」

注文すると、カウンター内のヒゲペンギンがスッと頭を下げた。相変わらず本物にしか見えない動きだが、夢の中なら何があっても驚くことはない。

これからどんな動きを見せてくれるのだろうと、悦子は子どもの頃のようにわくわくしながら見守る。

まず、ヒゲペンギンは背後に並んだコーヒー豆の瓶を一つ手に取った。あの指もない羽でしっかり瓶を持つのだから、感心してしまう。

それをカウンターに置いて、計量スプーンでひと掬《すく》いした豆を、飾りだと思っていたダイヤミルの中に入れた。てっきり電動ミルを使うのだと思い込んでいたが、どうやら違うようだ。

ヒゲペンギンはこれからの一杯へ意気込むかのように、一度体を震わせた。まずは軽く頭を振って、それから羽をパタパタとさせながら体を揺らし、最後に尾羽が細かく揺れる。どう見ても本物のペンギンの動きに、悦子は頰を緩ませた。

蝶ネクタイをサッと直してから、ヒゲペンギンは縦に付いたハンドルを回し出す。ガリガリと豆の挽《ひ》かれる音が静かな店内に響いた。

手動ミルの音を聞くのは久しぶりで、思わず聞き入ってしまう。最後に聞いたのは、夫が淹《い》れてくれた時だ。少しずつ漂ってくるコーヒーの香りとこの音に、なぜだかヒゲペンギンに夫が重なって見える気さえしてくる。

一度手を止めてから、ペーパーフィルターの折りしろをあの羽で手際よく折っていく。それをドリッパーにセットしたあと、挽き終わった豆を再びスプーンで掬ってフィルターの中へ入れた。

ドリッパーを優しく振って粉を平らにしたら、ステンポットからお湯を注ぎ始める。夢の中だからかもしれないが、とにかく洗練された動きで無駄がない。淹れているのがペンギンだと忘れそうなほどの鮮やかさだ。

「お待たせいたしました」

コーヒーカップがそっと悦子の前に置かれる。

「いただきます」

まず深みのある芳《こう》ばしい香りの中にある、どこかキャラメルを思わせる香りが鼻を楽しませてくれた。

それから一口含むと、心地の良《い》い酸味がスッと舌を撫《な》でていく。それからはっきりとした苦味のあとに、少しの甘味を感じられたかと思うと、全ての味がまろやかに消えていく。残ったのはコーヒーのよい香りだけだ。

ほどよい苦味と少しの酸味そしてすっきりした後味は、中深煎りのよさがふんだんに現れているブレンドだと、悦子は思った。

「美味《おい》しいわ……とても、美味しい……」

「恐れ入ります」

カップを一度置いた悦子は、思わず呟《つぶや》いた。

これは夫が亡くなる少し前に出してくれた、最後のコーヒーにそっくりだった。どんなコーヒー専門店を回っても見つけられなかった、あの味だ。夢の中とはいえ、なんて幸せな味なのだろう。

「よかったら、これどうぞ」

思わず涙ぐむ悦子の前に静かに置かれたのは、マフィンの載った皿だった。

「あら、とても美味しそう。ブルーベリーマフィンかしら」

持ってきたキングペンギンのヒナに微笑むと、彼も嬉《うれ》しそうにはにかんだ。少し目を細めているだけなのだが、悦子には微笑んでいるように見える。

「うん、そう。僕が焼いたの。試作品だから食べて」

「ありがとう。それじゃあ、遠慮なくいただくわね」

マフィンカップを軽く破ってから、一口サイズにちぎって悦子は口に入れた。

しっとりとした生地を噛《か》んだ途端、生地の甘味とブルーベリーの程よい酸味が口の中に広がっていく。

「すごく美味しいわ。ブレンドコーヒーもだけれど、このマフィンも本当によい味のバランスで、いくつでも食べられてしまいそうよ」

言葉の通り、悦子は次のマフィンも口に入れる。

味の美味しさはもちろんだが、パサつきが全くなく、どんどん口の中に入れても食べられてしまう。

「よかった」

キングペンギンのヒナが安心したようにまたはにかんだ。その表情がなんだか孫の小さい頃を思わせて、とてもかわいらしい。

半分ほど食べてからコーヒーを口に運んだ途端、悦子は驚いて目を見開いた。ブルーベリーの酸味とコーヒーの酸味が静かに調和したあとで、マフィンの甘さをそっと苦味が流したかと思うと、最後にはコーヒーの芳ばしさが少しだけ舌と鼻に残る。コーヒーと一緒ならマフィンを無限にお代わりできる気さえするほど、後味が爽《さわ》やかだ。

「驚いたわ……こんなにコーヒーと合うものなのね」

悦子の言葉にずっと横で様子を見ていたキングペンギンのヒナが、嬉しそうにクチバシを上に向けながら飛び上がった。

「やった！　そうなんだ、コーヒーに合うマフィンを作ってたんだよ。甘さの加減がすごく難しくてね、マスターにも味見してもらって、やっと今朝それができあがったんだ」

マスターというのはヒゲペンギンのことだろうかと思い、カウンターへ目を向けると彼と目が合った。

「ありがとうございます。おかげで見習い君も自信になったようです」

マスターが深々と頭を下げるのを、悦子は呆然《ぼうぜん》と見つめた。

マスターと、見習い君。

ずっと忘れていたが、菜緒が作った二羽《わ》のぬいぐるみに付けた名前だ。

菜緒はもしかしてこの不思議なカフェに、夢で来たことがあるのだろうか。それとも、彼女が妄想していたものを悦子が夢として見ているだけなのだろうか。

どちらでもいい。

どちらだとしても、悦子は美味しくて懐かしいコーヒーが飲めた。

「こんなに朝早くから、お散歩でもしてたの？」

幸せな気持ちでコーヒーカップを両手で包んでいた悦子を、見習いペンギンが覗《のぞ》き込んできた。

「実はね、もうすぐひ孫が産まれるの」

「え！」

見習いペンギンが飛び上がらんばかりに驚いている。

「予定日はもう過ぎていて、今日の正午までに陣痛が来なければ促進剤を使うんですって。それを聞いてから居ても立っても居られなくてね、全然寝られないから、いつでも行ける準備をして散歩に出てきちゃったのよ」

「そっかあ、今日産まれるんだ」

感慨深そうに見習いペンギンは頷《うなず》いてから、ふわりと笑う。

「いつ連絡が来るか気が気じゃないのだけれど、あたしが焦っても何の意味もないのよね。頑張るのは孫なのだから」

「そういうものですよね」

マスターがしみじみと同意してくれて、なぜだか少し心が軽くなった。

孫の出産に焦っても、何をしてあげられるわけではない。しっかりした旦那《だんな》さんがついているし、なんなら母親だって今朝早くから傍にいるはずだ。

祖母の悦子は出産が終わったという報告を受けてから顔を見に行くだけで、行ったところで役に立つわけではない。

けれど、どうしても落ち着けないのだ。

「ですが、おばあ様が楽しみにしてくれている、というだけで、お孫さんの力になっているのかもしれませんよ」

とても優しく、欲しかった言葉をマスターが言ってくれる。

それに甘んじたいわけではないが、やはり誰かに言ってもらえるのは嬉しかった。

「そうね、そうだといいわね……」

呟きながらカップを持ち上げ、コーヒーを一口飲んだ。少し冷めたものの、相変わらず夫のコーヒーによく似ていて心がとても落ち着いていく。

夫を亡くしてからしばらくは、コーヒーを飲むことができなかった。しかしコーヒーの香りで満ちていた家が次第に何の香りもしない無臭の家になると、余計に寂しさが募った。

だからある日ふと、遺《のこ》されたコーヒー用具を見て、自分でも淹れてみようと思ったのだ。

菜緒に付き合ってもらって買ったコーヒーを家で淹れると、なるほど少し懐かしい味がした。

それからは自分好みの豆を探すようになり、知れば知るほど奥が深いコーヒーの世界の虜《とりこ》になった。豆の挽き具合や淹れ方を試行錯誤し、今ではそれなりに美味しく淹れられるようになったと自負している。

毎日のように飲んでいても飽きないのは、コーヒーはその日の気分で焙煎《ばいせん》度の違う豆で淹れたり、ミルクを入れるなどのアレンジができたりするからだろう。浅煎りも深煎りも、美味しい物は美味しいのだ。

でも時折、夫の淹れてくれるコーヒーが無性に飲みたくなる。

「本当に優しくて、奥深くて……美味しかったわ」

夢だとしても堪能《たんのう》したいと思っているうちに、コーヒーはなくなった。

「同じものをもう一杯、いただけるかしら」

「かしこまりました」

マスターが微笑んでから蝶《ちょう》ネクタイを直し、背後にあった一つの瓶を手にした。豆をミルに入れてハンドルを回し出すと、静かな店内に豆の挽《ひ》かれる音が鳴り響く。

夫のミルとは少し違う音なのに先ほどのブレンドコーヒーの味のせいか、先ほどよりもさらに懐かしさを覚えた。そういえばよく菜緒とコテツと、縁側に座ってこの音を聞いていたことが思い出されてくる。

コテツにはもちろんコーヒーを飲ませたことはないが、彼もコーヒーを淹れるまでの音や香りを楽しんでいた節があった。本当に好きだったのか、それともあの瞬間の家族の空気が好きだったのかはわからない。

ただ、皆でゆっくり過ごした穏やかな時間は、確かだ。

「お待たせいたしました」

出されたコーヒーを一口飲んで、悦子は小さく息を吐いた。

「数ヶ月前にね、うちで飼っていた柴犬《しばいぬ》が亡くなってしまったの」

気がついたら、そんな一言が口から零《こぼ》れていた。

マスターと見習いペンギンが少し驚いたように、目を丸くする。こんなことを突然言われたら誰だってそうだろう。

自分でも唖然《あぜん》としたが、ペンギンたちが話を聞こうとこちらへ体ごと向けてくれた以上、ここで話を止めるのも失礼だ。このまま話してしまおうと、悦子は先を続けた。

「十六年一緒だったから、今でもすごく悲しくて、すごく寂しいのよ。けれどね、なぜかすぐに会えるような気もするの。亡くなっているのに、おかしいでしょう？　もう年だから新たに犬を迎える気はないのにね」

おかしなことを言っていることは承知している。けれど、コテツを看取《みと》ってふさぎ込みながら過ごしていたある日、突然そんな気がしたのだ。

「もしかして、近所の方が似たような黒い柴を飼ってくださるという予感なのかしら。それでも、もしかしたらあの子にまた会えるかもしれないって思うと、なんでも前向きになれるの」

初めはひ孫が産まれるという高揚感が、前向きさをくれるのだと考えていた。しかしそれだけではないと、最近ふつふつと思う。

「そういう直感は、案外当たるものですよ」

馬鹿馬鹿しいと一蹴《いっしゅう》されても仕方のない話に、マスターは頷いてくれた。その目はどこまでも優しく、慈愛に満ちている。

「もしかすると、予想しているよりももっと縁のある再会かもしれませんよ。事実は小説より奇なり、とも言いますからね」

マスターが茶目っ気たっぷりにウインクをしてみせた。

生まれ変わりなど悦子は信じていない。しかし目の前に喋《しゃべ》って美味しいコーヒーを淹《い》れるペンギンがいるせいか、この世の中には不思議なことがあってもよいのではないかと思えてくる。

それに、信じていた方が幸せな気がするのだ。

「そうね……きっと、会えるわよね」

しんみりした気分でコーヒーを味わっていた悦子の横で、カウンターに置いていたスマホが振動する。

慌てて確認してみると嫁からのメールで、陣痛が始まったという知らせだった。これが夢の中の知らせなのか、それとも現実なのか、もはやよくわからない。けれど、ここを発《た》つ時だというのだけは理解できた。

「もしかして、もう産まれるの？」

目を輝かせた見習いペンギンに尋ねられて、悦子は首を縦に振った。

「ええ、そうみたい」

立ち上がり、出発の準備を始める。

先ほどまでとは違い、心は落ち着いていた。家族の中の年長者である自分は、いつだって冷静であるべきだとすら思えてくる。

「おふたりとも、ありがとう。貴方《あなた》たちのおかげで、気持ちが落ち着いたわ」

「こちらこそ、来てくれてありがとう！」

見習いペンギンが飛び切りの笑顔で両羽を広げ、マスターも同意するように微笑んでいる。

「そうだ、お持ち帰りってできるかしら。コーヒー豆と、それから昨日の夜からずっと病院の近くで待機している孫の夫君と早朝に駆けつけている嫁に、大切な二人に、ここの美味《おい》しいコーヒーを飲ませてあげたいのよ。今日はこれから気温が上がるみたいだし、アイスコーヒーがいいかしらね」

もしこれが現実なら、ぜひともそうしたい。夢なら夢で、持って帰れないというだけだ。

悦子の問いに、マスターがどこか意味ありげな笑みを浮かべた。

「ありがとうございます。それでしたら、ハニー・コールドというアイスコーヒーはいかがでしょう。まろやかな甘さがあって、お疲れの時には向いていると思いますよ」

「素敵ね。ではそれを三つと、ペンギンブレンドの豆をくださいな」

「かしこまりました。すぐに準備いたします」

今後、どのような形でコテツに会えるのか、考えるだけで悦子は幸せな気分になった。

夫を失ってからずっと家族を守ってくれたあの子に会えたら、今度は自分が精一杯守っていこう。

いつか自分の命が尽きて夫に会えた時に、胸を張って報告できるように。

「もう、産まれたのかなあ」

「ええ、先ほど無事に産まれたようですよ」

食器を洗いながら見習いペンギンが宙を見上げると、その横で食器を拭《ふ》いていたマスターが柔らかい口調で答えた。

「ほんと？　やったあ！　わっとっとっ……」

飛び上がったせいで手にしていた皿を落としそうになり、見習いペンギンは慌ててそれを摑《つか》んだ。しっかり摑めたことを確認すると、彼はほっと息を吐いた。

「それにしても……いいなあ、マスターは全部わかってて」

「きっと貴方にも見えるようになりますよ」

「ええ、本当？　今のところ全然そんな気がしないけど……何かコツはないの？」

訊《き》かれて、マスターはにこりと笑う。

「そうですね。一期一会の出会いを一つ一つ大事にしていれば、いずれは」

「うーん……なんだか、先は長そうだね」

そうして二羽《わ》は店内を綺麗《きれい》に清掃していく――また明日《あした》から来る、大事なお客のために。

エピローグ　CAFE PENGUIN

ここは、とある場所にある、とあるカフェ『PENGUIN』。

悩めるものが行きつく、不思議なカフェだ。

木製の、深みのある焦げ茶色の扉は、どこか温かさと懐かしさを誘う。

重い扉を押して薄暗い店内へ足を踏み入れると、扉と同じような木製のカウンターが目に入る。カウンターの内側に設置された棚には、様々なコーヒー豆の入った瓶がずらりと並んでいた。

カウンター内にいるのは、一羽のペンギン。蝶ネクタイをつけ、背筋をピンと伸ばしているそのペンギンは、ヒゲペンギンと呼ばれる種だ。

そしてホールには、別のペンギンが白いエプロンを付けて待っている。茶色いもふもふとした羽毛が大きな体を覆っているのは、キングペンギンのヒナだ。

カランッ。

魚の形をしたドアベルが、小さく可愛らしい音色を立てた。

今日も悩めるお客がやってきたのだ。

「いらっしゃいませ」

「こちらへどうぞ」

可愛らしい少年の声とペンギンとは思えないほど低くよく通る声が、店内に響いた。

【参考文献】

ALL ABOUT COFFEE コーヒーのすべて（著：ウィリアム・H・ユーカーズ／訳・解説：山内秀文／角川ソフィア文庫）
コーヒーの科学「おいしさ」はどこで生まれるのか（著：旦部幸博／ブルーバックス）
田口護の珈琲大全（著：田口護／NHK出版）

【協力】

カフェ・バッハ

富士見L文庫

朝《あさ》焼《や》けのペンギン・カフェ

横田《よこた》アサヒ

2022年３月15日　初版発行
2024年11月15日　５版発行

発行者　山下直久
発　行　株式会社 KADOKAWA
〒102-8177　東京都千代田区富士見2-13-3
電話　0570-002-301（ナビダイヤル）

印刷所　株式会社 KADOKAWA
製本所　株式会社 KADOKAWA
装丁者　西村弘美

定価はカバーに表示してあります。　◆◇◇

●お問い合わせ
https://www.kadokawa.co.jp/（「お問い合わせ」へお進みください）
※内容によっては、お答えできない場合があります。
※サポートは日本国内のみとさせていただきます。
※ Japanese text only

ISBN 978-4-04-074320-2 C0193